U0674154

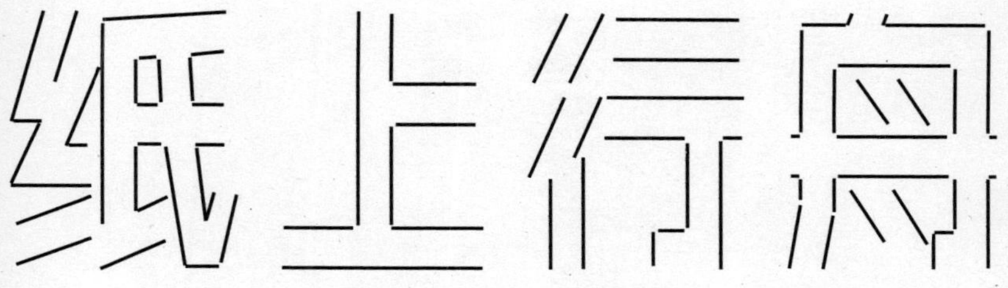

纸上行舟

后浪出版公司

黎幺 著

四川文艺出版社

自 序

作为一名写作者，序言是唯一令我愉快的文类。只有在写作序言的时候，一个被当作工具使用的人，一个被作品拖进旋涡里的人，一个受到严重磨损的人，才终于在文字中被还原成为他自己。为了反复地体验这种愉快，我甚至写过一部完全由序言组成的长篇小说。

在我看来，塞万提斯和拉伯雷各自为他们最著名的作品写下的序言是这一文类中的典范。它们废话连篇、荒腔走板、不值一哂，作为一个小丑、一个累赘，它们主动放弃了对价值的占有。当然，非要说一篇序言是绝对无用的，那也太过偏颇了。毫无疑问，当序言出现在一本书中，它或多或少承担了部分功能，除了自我嘲弄以外，我们还要求它自我辩解，尽管这种辩解很少会被采认。

如此看来，最好的序言无疑就是笑话，可惜的是，我没有什么喜剧才能。写作眼下这篇序言的时候，我更关注它有可能扮演的另一个角色：序言时常在一本书的头几页，充当一个仪式性的文献，虽说没有祭诗或祷文那样严肃，更谈不上神圣，顶多就像祝酒词，或是赌徒在掷出骰子以前嘴里默念的那几句通常适得其反的咒语。当然了，那些虔诚的古代吟游诗人在史诗开头赞颂神灵的诗句或许是最佳的类比对象，它们像一群高贵的祖先，赋予了一篇序言以极大的血统正当性。可我又能向哪位缪斯致意呢？除了时间，我没有任何可以仰仗的东西。

感谢时间。

这本集子里最早的作品写于 2008 年，距离现在已有十年。十年了……此刻的感受叫我明白，书，终究是有纪念意义的事物，这令它即使不被阅读也仍然能够成立。这本书就像一部钟表，这十年就像一个过于漫长的钟点，而这些小说则像是钟表的刻度，被它依次通过。当然，一个个钟点还会在钟面上循环，不过，这些未来的钟点只属于读者，我没有资格重复经历它们。

在未有提前筹划的情况下，这些作品之间仍然有一定的共通性和递进性。这其中没有什么神秘可言，只能说明作者的执拗，况且，这些故事或多或少都与时间有关。再说一次，除了时间，我什么也没有经历。

然而，对于我，这种并非出人意表的整体性还有一个更加重要的意义：它将帮助我从中辨认那个被称作“文体”的东西。与这个词的通常用法不尽相同，在这里，“文体”作“文字形式的身体”之意。一定程度上，它被拿来替代那个常常在有关宗教和道德的讨论中出现的，指向多变的，如今却已很难适用于日常的名词：灵魂。这等于说，我认为所有精神事物都具有文学性，甚至可以说，我认为广义的写作可以包括一切精神层面的创造、拓展与生成。审美、伦理和信仰，正是在人的写作之中才融合于一处，具有了完整的同一性。有些写作是显明的，有些写作则是潜藏的，而一切写作都是对自身的写作。

但是，我并不认为写作是一种“出窍”的行为。我将之理解为一种精细化的自我锻造：对文体的锻造。而文体永远不会是已实现的、整全的、清晰可见的，它只会是碎片的、未成形的、有待聚合的。我们出生时都带着一本词典，我们时时刻刻都在翻阅它，难免有一天，会怀着暴殄天物的罪恶感，想要最大程度地发掘它、利用它。我们想要写一本属于自己的书，一本理想的书，但这是一本我们想写却写不出的书，一本不可能的书。我们被蒙上了眼睛，在黑暗中摸索着，随手捉住恰好经过的几个词语、半个句子，若是侥幸抓到那本书中的一个片段，便会有一种无可比拟的惊喜随之而来——这个比喻旨在阐明写作者的孤独：一种具有创造性的盲目。尽管我们从未见过那本书，但我们总是能马上认出书中的字句，有时它们十分模糊，像水下的微光，我们必须潜入其中，潜得很深很深，才能将它们打捞出来。

所以——也许这句话听上去太过沮丧——只有那本不可能的书才是唯一的杰作，所有被写出来的书都只能是失败的。除了少数几个可遇而不可求的瞬间，无论阅读还是写作，始终都要面对巨大的缺憾。甚至可以说，在写作这个以不可能为前提的运动中，能够产出的只有缺憾。更多的努力，更多的创造，便会累积更多的缺憾，这是写作者摆脱不了的悖论，但也正因如此，他得以转向自己的背面，目睹他从未领略过的奇观：那些充实的空虚，那些丰盈的贫乏，那些无知的知识。也正是在这个悖论当中，那个不可能的事物——文体——才能以一个缥缈的、幽灵般的形态被感知。

因此，说到底，我对这本书以及它的读者，还是有期待的。我希望有人能从中读到一种永无止境的自我质疑，我希望有人能从中读到一种快乐的痛苦、一种艰辛的愉悦，我希望有人能从中读到一种自负的谦逊，我希望有人能从中读到一种无能的才能，我希望有人能从中读到一种以摧毁为前提的筑造，我希望有人能从中读到一股汹涌的平静——犹如镜中的一场暴风雪。我希望这本书诚恳地展现了一个写作者的骄傲与卑微。

以上的这些絮叨如果被当作废话和谬论，那也很好，甚至更好——如此一来，我便如愿以偿地写出了一篇可笑的序言。

最后，我还想再说一句，在这篇序言中，这也许是唯一真正重要的话：将这本书献给我的至爱——那如此浑然，又如此玲珑之物——我的女儿。

黎幺

2018 年 10 月 1 日

目　录

柒拾贰

一切故事肇始于一个数字。

在猿猴之中，孙称得上是聪明绝顶了，但他显然更为倚重力量——棍头劈空的劲风如同透明的猛兽：比如一头扑击羚羊的豹。一种战斗本能使他把最平常不过的社会交往都变成了动作电影。闯祸，这个词相较于他的所作所为，都显得过于消极了。他从未致力于任何建设性的事务，他只对这类行为的反面感兴趣：破坏与拆解。

因此，孙最初的数字意识必定不是出自诸如花果山有几座山头之类的问题。他沉迷于计算，但不求准确，只对于疯狂的谬误有所期待。在他看来，数字的破坏力惊人——数字的居所在无限中（居住：一个撑开并充满的动作），但也唯有数字，使末日成为可能。

在灵台方寸山上空，星星像眼泪一样落下来。山脚下有一条河——这已经成为一条定律，微风令河面泛起波纹：一个细节的复数衍生，如同鳞片。河与鱼之间的包含关系因为这种拟态而加倍成立。水像一条珠链，将河边小饮的梅花鹿穿成一串，麒麟和白犀牛像所有虚构失败的半成品造物一样，若有若无地夹在兽群之间，时不时地闪现一个瞬间。孙在河边和偶遇的樵夫打了一个下午的哑谜，一只叼着田鼠的枭鸟站在树梢发呆，蛇像柔软的、贴地飞行的竹笛，带着哨音掠过他的脚跟。一些和夜同样颜色的动物在附近悄然活动，像一些漂浮在墨海表面的绿色眼球。

这片山地的地质形态对于他不能说是陌生的，他本身甚至就出自岩石——尽管难以想象一块岩石的敞开，其所需条件可能不亚于孵化原初之蛋的理想环境。严格来说，他只能算是一种有体温的矿物。经年累月的做梦让他精力旺盛到变态，尤其在一种被叫作妖精的幻觉上，敏感得如同一个疯子。

总体上，山呈现为一副陆地脊椎动物的骨骼，正像海的透明肤质与那些像被烤化的灯笼——体腔内燃着冻成冰的火焰——漂着生漂着死的软体动物是如此类似。孙骑在山上，像赶驴一样吆着它走。在泛着红光的猴腚底下翻滚的岩浆给了最早的诗人描写地狱的灵感。

孙高瞻远瞩地寻找某种形式的人烟，确切地说，是在嗅一种无毛两足兽的臭气。虽然不很明显，但终于给他逮到了一缕。

那樵夫握着斧头背着柴，在孙看来他是半透明的，伸到额上擦汗的手可以直接摸到灵魂。两者的对峙始终没有得到确认，甚至莫名其妙，他们只是面对面僵在那里，好像站在一座刀刃一样宽窄的独木桥上，躺在桥下的是被斩断的时间。与其说孙真的有什么疑问想向他打听一二，不如说他只是想结束这种尴尬的局势。房子？他指指灵台方寸的山顶，那里，房子？谁住？他问。樵夫却吼起了山歌。

他的过分俏皮像是对于之前呆若木鸡的半日做出的补偿。

安静的晌午，白色牧群蚕食蓝色原野，孙又做梦了。夜的黑色翅膀扑打他的眼睛，在石头子宫里憋出来的哮喘在梦境里变成一只大狗，死命追咬他的脚后跟。对于他来说，这是再正常不过的联想，灵魂的形体总是对应于某种动态，鸟的灵魂是风。梦中的山不是花果山，梦中的洞不是水帘洞。梦里的死不是死，是一个跌倒的慢动作，永远挨不着地。他练习旱地拔葱和鲤鱼打挺，准备在死到临头的时候以一串筋斗逃出生天。猿猴不使用语言，很多事情老猴没法教给小猴，它们自己本身也在遗忘。

浑浑噩噩的孙直到一次机缘巧合的海滨之行才被一种有力的开示所启蒙——海螺的啸声有毒，他的耳朵开始播放思想。

他孩子般地迷上了从沙里捡贝壳，就像从一切单调的声音形式里挖掘词语。从一具漂浮在海上的苍白的人体之上，他认识到一种极端的赤裸，不是那种相对于羞耻心的无遮掩，而是一种彻底的、如脱壳谷物般的裸露。他纯粹是一个内容物，一个死。孙自己得出了这个完全陌生的结论，仿佛有生以来第一次被火给烫着了。

所有的黄昏都是同一个。孙和樵夫被白天与夜晚，被自己的童年和老年从两头扯成一个“大”字，进退维谷。时间的流逝像表演。唉，他终于说，房子？那里，房子？谁住？樵夫同时是一个猎人或杀手，他掷出飞斧劈开孙的问题——斧头像一条只有头和尾巴的猎狗，在转回来的时候，总是恰好将斧柄递到他手里——在语言的裂隙里唱起了山歌。而在孙看来，唱歌是在发情期才需要做的事情。

歌词的内容烦琐而无趣，为了押韵用上了众多叹词、语气词，还有很多并不必要的重复，无非是想告诉他，山上有仙人。仙人名叫须菩提老祖，喜欢像腌生枣一样把一千个弟子浸泡在他的教诲里。

孙是一座基因的历史博物馆，他的生命复杂而不稳定，像一堆玻璃珠子，随时可能做鸟兽散，住满一座复活者的森林。名为进化史的河流在他的每一根毛发里奔泻不休，三匹踩着针脚的时间之马（马是白色、黑色还是红色？如果是完全的透明，还能算作存在吗？）相互角力、彼此追逐，像织布机般扯着三道支流往来交织成辫状的生命洪瀑，一条向前，一条向后，另一条则在原点附近做小幅振荡。

不是伪装，也不是模仿。他几乎天然地就是一个假象。

猴群的忧郁在每一次日出时达到顶点，那是一种灵长动物的悲伤，就像一对带钩的爪子扣住了肩膀。孙远远地跟着他们已经几天，他们天天上山，山头的空气凝重得像胶。我们都太像了，他们这样想，我们一个就是全部。一天中所有的安静都要在这一刻用完，他们蹲在发出红光的地平线上，像蹲在沾过血的刃口上磨刀。只有把印在心上的夜晚像铁锈一样磨掉，才好在早晨跑下山，焕然一新地撒野。他们活在一首诗里，只有他们自己读不到。孙追赶他们，就像一支笔追赶着漏网的字。

出走这个动作给习以为常的梦与痒都带来了变化。在梦里，他的全身结满了山花和蛇莓，所有的猴子猴孙都被他带在身上，挥舞着刀枪和跳蚤作战。他用一颗七窍玲珑心制造了一个谜之乌托邦，却加上一道朦胧的水幕，将其装扮成一座柔软的眼球监狱，没有他的目光引领，无人胆敢越雷池半步。孙产生了一种类似候鸟的情感，一种过度自由的无分寸感。他没有别的解决之道，只能自己做了自己的花果山。

师父，孙心悦诚服地喊出这个至关重要的词，开启了流亡的宿命。在他的皇历上一劳永逸地写着：大利西方。

菩提老祖总是站在高处，使人无法平视，他是一个高傲但不失温和的老人，是一团穿着道袍的火焰。山里的蝴蝶薄得像倒映在水面上的一小片烛光，非得特别留意才看得见它们，他的肩头或发髻上总是落着那么一两只。他会就手拈着蝶翼，用蝇头小楷在上面记下一些偶得的随想或诗句。他的灵感像一本拆散的书，在斜月三星洞的里里外外四下飞舞。

一个微型文体的大师。

（拧干舌头里的水分，回到第一句话）一切故事肇始于一个数字。

72，柒拾贰。阴平、阳平、去，一个释放液化灵魂的开关，先挤出一丝凉气，再后坐力般地倒抽一口。在一干标准化修行的出家人头顶，顿悟像从云朵里开放的莲花。穿过蒲团的圆点矩阵，偌大的一片花海，没有一枝属于他。对于孙而言，聊胜于无的收获是，他懂得了变化，尽管起初并不算太有用：他能够变成 72，一个数字（相应的，他的过去变成一种统计，将来变成一种演算）。若是遇上另一个变成 36 的人，他就可以减去他，当然最好是加上他，那样就能够得出另外一个全新的数。

为了学习抽象，他从一个鱼鳃探究一条鱼的生活。他从一只桃子中剥夺桃子，从一枚桃核中剥夺桃核，再从一粒桃仁中剥夺桃仁，直至得出一个完全干净的 1。

在灵台方寸山的山腹中收藏着深海的黑暗，孙要像一个矿工或者一个盗墓贼，在头上顶着一盏灯，才能看清自己在这里做的梦。梦里的阎罗殿仿佛一个巨大的蜂巢（地狱是最早接纳现代主义的国度），鲜血像蜜一样流淌，死人都在天上飞，等待转生的蛹孕育着鱼卵般透明的胎儿——世上所有的子宫都是同一个。对于鬼魂来说活人才是鬼魂。他们彼此忘却了，彼此视为神秘，彼此视为空。两位影子向导，黑白无常，是两股透着霉味的烟，拘魂的绳索是疲劳和厌倦。孙顺服得像一条随波逐流的鲑鱼，被消极的力牵着，在土里游泳和呼吸。他被一种酷寒的火光诱惑，被一种负生命加以反鼓舞。像一个天界神灵的地底倒像，在云端款款而行，却踩了满脚和着血肉的泥泞。“像一条虫钻进果核里”，他飞越了庞大的地狱机器生产痛苦的流水线，通过罪与罚的对称懂得了 2。

孙的脸盲症使得他每天只能在全员到齐的早课上才能清点师兄弟的数目，一千个菩提弟子，每一年死掉一个，每两年增加一个，现如今孙一共有七百五十个师兄弟（那么，请问自他上山以来过去了多少个年头？）。五百年是一个鳞目与节肢动物修炼成精的周期，一块灵台方寸山上的石头要两个五百年才能完成一次呼吸。

数字零敲碎打，瓦解了自然的绵延状态。钟表是个奇迹，它的工作无异于将海分割成为若干等大的水滴。时间劈头盖脸地洒下来。孙在斜月三星洞里，等于淋过了一场大雨，别人生生死死，他不过打了几个喷嚏。

孙又失眠了，夜晚也因此被血丝缠绕。兴许是错觉，他觉得自己在来到灵台方寸山以后从未进入睡眠，而这个夜晚是五百年来的第一个夜晚。膨胀的黑暗撑开了空间，墙壁后退，屋顶上升，他小得像一粒尘埃，被自己的呼吸吹上天，心跳对于他简直是一种有节奏的、不间断的惊雷。老鼠和蜘蛛鬼祟的活动都逃不过他的病态的敏锐。它们一个是夜的坐骑，一个是夜的织布梭。菩提老祖来了，要将从不传授的道法要义教给他，那个夜晚，那个房间里，在两人鼻腔里进出的空气都被酿成了秘密。

无知是一个永恒的黑夜，一切还没有对你显现，师父说。他张开双臂，星辰在他周身旋转，映出他一轮满月般的脸。你选择了这个数字：72，但还未将你的世界赋予它。弟子不明白。你随我来。

师父拽着他，只一步就跨到山尖上，他们的道袍被云气溻湿，脚跟擦过一只仙鹤的尾羽。在这个高度俯视下去，看到的是一个被平面化和地图化，或者说，被地毯化的大地。孙就像一个从故事中被强行打捞出来的人，震惊于一种自己从没感受过的真相。

世界的结构无比简单，像一只双色的贝，上半张壳几乎是一片深蓝纯色，下半张壳则由一些静止的色块拼贴而成。没有任何事件发生，也没有任何物质性，他全凭猜想在色块的边缘辨认河水和溪流、铺着碎石子的马车道。师父唤来一朵云载着他们向下降，两个人就像两点墨滴入一幅画中，越来越多的细节被渲染出来。首先是那些最高的山峰像竹笋一样冒出来，峰顶总是沾着一片雪，仿佛是刺穿云海时带走的一点白沫。然后出现了山涧流水和悬岩飞瀑，都是不会动的，只是一匹一段的青纱白练，直等人靠近才开始流动并喧腾起来。躺在地上的绿叶竖起来，长成一片树林。原本匀质的一片棕黑渐渐出现深浅之分，在其中分隔出越来越多、越来越小的区块，颜色也越来越多，差异越来越大，有洼地、田垄、丘陵、湿地、池塘、道路和农庄，野兔在被山火烧光的草梗间乱窜，一阵风像一只大手从鼠灰色的芦苇带上方掠过。

（神与人正相反，人发明词语以指称事物，神则创造事物以填充词语。在这场角力中究竟谁能胜出？）

菩提老祖师徒在桃林中漫步。满山的桃树都结不出桃子来，只能长出一树有甜味的数字。师父伸手摘下一个丢给孙，它像一颗心脏一样在他的手中搏动，“嘭”的一声鼓起来。仿佛不是它被掷给他，而是正相反，他被掷给它。孙纵身一跳，钻进毛茸茸的表皮，穿过饱含糖分和果酸的白色果肉，在粉红色的心形轮廓后触到了坚硬的桃核。它不是一个数字，也不是一颗桃子，而是一个世界。

学习变化，研究并理解环境尤其重要。在天地之间变成飞禽走兽，在棋盘上变成一颗棋子，在一个算式里变成一个数字，在一个母题下变成一种寓意。这叫各得其所。其次，必须掌握在各种环境中唯一有效的语法，自然的语法是生长，故事的语法是情节，数字的语法是运算。最后一步，给自己意义，成为一个能够被环境转换的符号。师父，这很难。有什么事会比使一块石头受精更难?

一本辞典躺在旷野之中，在此页与彼页之间，每一个词语的回声都在另一个词语的内部激荡。只有一个名词是问心无愧的：语言。只有它得以亲口说出自己的名字。

孙尝试着变成 35 种他见过的东西。变成一尾鲤鱼、一座竖着旗杆的庙宇、一只鹞鹰，变成一个人、一群人、所有人，变成红色、黄色和透明，变成旷野的回声，变成火焰，变成一个洞，变成一个孩子在太阳下山时感受到的忧郁，变成风，变成一只被扯掉了翅膀的苍蝇，变成一个领袖、一个叛逆、一个信徒，变成一个威胁，变成天空，变成一个需要人小心避让的拐角，变成腊月初十，变成四叶草，变成自己的影子，变成一种没法形容的香味，变成一个圆，变成飞虫，变成一个解不了的残局，变成一种极快的速度，变成一个面具，变成一滴水、一个湖泊、一片海，变成一条清晨的小路（他像一段木头，在夜晚和正午间起起伏伏），变成一面镜子。

作为施术者必须偿付的代价，每次尝试变化，他都要拔掉身上的一根猴毛。

变镜子是其中最难掌握的部分。一面真正的镜子从不关心它所映照的东西，而孙却为自己的不精确和不真切而感到忧虑，他缺少多数镜子通常都有的自信。在面对另外一面镜子时，他不知该呈现对方，还是呈现自己。他甚至不知如何真正面对，因为他无法肯定自己的脸是朝向内或朝向外，他对外物的反照是一种推拒，还是一个拥抱。

他不得不承认镜子是不可变的，概念性的镜子是纯粹形象，是“变”的本体。

镜子的失利是眼睛的胜利。影像的破产给了视力质疑和确认的功能，更准确地讲，是一种权力。一种绝对主观，一种雄辩的游戏，游戏的主要内容关于妖精：“迷惑”的集大成者。那是一种阴柔得多的怪兽，同样依赖于一种童年的神经官能症。从这一角度来看，孙从来都是极为孩子气的。他的成人礼是大小不一的八十一场战斗——那是一种被京剧化的打斗，他们全都戴着脸谱，武器与武器互不相触，人和人自顾自地翻滚和舞蹈。

他守护来自大唐的和尚——一个禁欲的唐璜，弱小，温柔，像一个安静的大婴儿——仿佛认定只有他能为他指出一条通往成年的路。

所有的梦都以某种形式影响未来（从未到来），在昼与夜同时出没——仿佛火焰和灰烬——的灵台方寸山，此时的梦和彼时的现实像一条黑鱼与一条白鱼，在他的双眼中相会。梦的文本体现出一种模棱两可的特殊性，做梦的人身在其中，又置身其外，既非作者，也不是读者，他拥有（完整地封存）它，但却做不了它的主人。

和尚来到孙的梦中，讲一种让他似懂非懂的语言，孙曾经熟悉但久已忘记。他端坐在地，一动不动，否认自己作为动物的天赋。他吃得极少，喝水时慢条斯理，仿佛只是心不在焉地饲养他体内的饥饿艺术家。

第一个梦境：五个蒙面的盗贼，像夜晚伸向和尚脖子的五根长眼睛的手指，孙像是一个噩梦中的变态爱人，挥舞着如阴茎般伸缩的棍棒，将他们捣得粉碎。在战争游戏中，魔鬼也是羔羊。

最后一个梦境：躺在石头上的图书馆，一个庞大的文献装置。只有风翻阅所有，知晓一切。

（必须另外提及他的飞行，那使他既像精子，也像彗星。）

孙的下一个课题是变成他从未见过的东西。在这层意义上，他需要被底片化，需要与自己互补；他不再作证，不再目击；他是一个睁眼瞎，将自己全权交给道听途说。他接受一切形象被诉诸语言时的弹性，将一切人为的改造视为其自身的潜力使然。他通过“信”而变，正像一条白龙通过吞食白马而成为白马——白马非马，但世上没有真正的白马，也没有真正的白。这种吞食让他重新出生，重新成为自己的母亲。

他变老：作为一名时间的旁观者，他永远不可能看到自己的衰老。老，就是那种“被冻成冰的火焰”，非得攒够足量的白发才能点得着。那是在某年，不可能有一个具体的数字；那是春季，无特征的冷暖交替像一把剔骨刀，大地柔软如嫩绿的牙床。在孙的头顶，神秘像一朵私有的云。他充满预感，仿佛一盏挣扎着启动的电灯，战栗着，等待着一道贯顶的雷电。他察觉自己与泥土的亲密关系，操心来处与去处，像一轮长着猴脸的日头，在两个谜团之间划出一道抛物线。他计算着自己何时升起何时下落。

你老啦。还是那个樵夫，还是那座不存在的独木桥，他唱歌，他在微笑，那代表在他的嘴角间能看到一条候鸟迁徙的路线。孙回到开始的地方，接受检阅，假装一切从未发生。在长期被用于阴影陈列的树林里，黑夜会待得更久一些——事实上，它从不结束。傍晚来临，无人察觉。他们的影子淡得像一缕轻烟。受惊的马儿对着新月嘶鸣，像一些巨大的兔子，在林子里上蹿下跳。从某个不知其所的方位传来郊狼半像笑半像哭，听起来既滑稽又邪恶的嚎叫声。野性的、驯顺的动物汽笛在各处拉响。

樵夫说，你老啦。五百年和唱一首山歌的时间，孰长孰短，谁说得清。

其余的 34 种变化一并构成了一场超现实主义的舞台表演。孙像一个精神失常的画家，在自己的身体上作画。建在鲸鱼骸骨里的龙宫不是一座水族馆，倒像一个巨型的海鲜市场；天宫则坐落在一千年的供奉形成的香烟大陆上，由一系列被梯级、走廊和天桥所贯通的古典造型的宇宙飞船组成，大半给云霞遮蔽去了，只显露出许多雕梁画栋的碎片。两艘幻觉航母被中国画的意境缠裹成两团云遮雾罩的巨蛹，包含各种拼贴的生物和臆造的泛灵现象，神仙像沙子一样多，还有数不胜数的专有名词。没有实指的话语像没有身体的翅膀，危机不是无法起飞，而是不能落地。

孙支棱着脑袋，想象着，以无法塑造的材料来塑造，像一个用水制作雕像的人。扮演一个神圣的丑角，捉弄一切庙堂之上正襟危坐的神祇。他以天马行空的变化使事物增殖，以一种自导自演的乱伦挑拨天上地下的权力神经。他变一种形似飞虫的生物药剂——也许太小了，从未被留意，没人说得出它的样子更像蛾蠓还是苍蝇，但它的药力足以放倒神仙。他变长有六个耳朵的说谎家，他变鹰嘴狮身兽，变沉默的斯芬克斯。他变四片海域的四种龙，它们的鳞片被充当棋子或球衣，不同的颜色代表不同的势力范围。他变年画里扁平化的麒麟、朱雀、玄武和白虎。他变一只吃掉天空的葫芦，变衔石填海的倔鸟。

越是变化多端，他就越为自己的黑夜状态——一面睁眼瞎的镜子，在光里暗自熄灭了——而感到难过，像一本无知的百科全书为无法阅读自己而感到难过。

他变出螺丝和螺母，变出轴承与齿轮。变出机器，变出所有跌落在尘世的巨人：盗火的种族在盘古、夸父和女娲的尸骨上耕作，让所有山和树跪下来，让天空在地平线上垮掉。变出制造新兴魔鬼的铸模，变出一味哀鸣的铁鸟。变出排除异己的白云和紧密团结的乌云，变出可以乘坐的雷电，变出“长翅膀”的母语。他变出巨大的金属节肢动物，与长有一千只眼睛的陆地方块兽两相对峙。变出让神力黯然失色的逻辑。他变出倒掉的三座大山，花果山、灵台方寸山和五指山，他的襁褓、学堂和坟墓。

那些山峰就像神明的头颅。携带着日出和日落，携带着倦怠的红。

不再被归于伟大一类。

如同被投进时光里的石子，渐渐小了……没入什么当中去了……

对于一名主人公而言，他的出场，或许太晚了。当代，一个上班族，在腋毛和头发里秘密地收藏着最后两根具有魔力、能够变化的猴毛。他那最后两种可能性，他那未知的开花与结果。他从不去触碰它们，但对于它们，他有一种古老的确信。

他写作：“在云遮雾罩的地图上，鬼王舞动着手中柔化为绫罗的比例尺，以水刀腰斩了这座城市。”如此这般，他的生命有了一个处所：被幽灵化了的上海。他在这座城市之中，在它的六面体丛林中，被它凌厉的河流刀剑加身，但他并未在它的方言里。语言是唯一真实的边界，刻在上海的空气中。从一个刑堂的意象中，他做出如下定义：“上海，一个浦江的刀下之鬼。”在这里，他不无自得地将自己看作一个病人，一个对活着过敏的人。也可以说，他对梦过敏，因为他活得极不清醒。他在浦东和浦西之间来回奔波，像加入了一个循环往复的对局。因此他的故事，如果他有故事的话，可以命名为“一枚棋子的自我排除”。

他乘坐地铁6号线转49路公交下班回家，车停停走走，道路的一再重复让他的到达像某种连续折叠的结果。街灯全部亮起（他从未注意到这是怎样发生的），像瑶池仙女发光的乳房。城市是窒息的土地——一种假死状态，灯光不同于火焰，没有什么会从中一跃而出。一路上（一生中）他昏昏沉沉，睡睡醒醒。他在私下里玩弄时间——无论何时，只要他躺下，就立刻身处午夜的内部。那姿态仿佛在等待一个来自古代的自己，跨着一匹和黎明同色的马。但他无法与之同骑，看样子，若想离开，他便只能乘坐一部与夜同色的车，以如此暗度陈仓的方式。车在那时——语言的童年——还是一个名词，带有身为物的惰性，此时却是一个强势的动词，不可能驾驭，他只能被卷入其中。

那种被名之以梦的飞行，还被允许吗？

2012年的夏天，他在中途下了车。一只脚踩在公共汽车的门梯上时，他有片刻犹疑——他明白，一切犹豫都是无法聚拢的云，是未及形成的预感。从杨高南路到东明路，途经建材市场，空气里飘着许多尚不存在的房子，像隐喻。家乐福超市正在装修外部墙面，他在脚手架下遭遇一个眉毛长过头发的流浪者，他们眼神交锋，以彼此的相像给对方致命一击。他若无其事地扭头离去，但对一切心知肚明：通过不经意的对视，他们之间进行了某种一次性的、不能反悔的交易。

布满血丝的眼睛给了他一种自怜的、风尘仆仆的目光。在上海，到处都有血红色的、大得不正常的眼睛。但没有妖精，城市只接纳机械幻觉，肉身必须承受真相的部分。这是一项巧妙的分层过滤技术，上海，就是一部表现上海的电影，银幕上空无一人，人都挤在漆黑的观影厅里。他手捧着在地摊上买来的一小盆绿萝步行回家。在他的盘算中，它的生物性能是次要的。他使用它的引申义，将之作为一台风水机器的部件，安装在某个方位，服务于某种说辞。他一向不太信这些，但也没有什么更加可信的。他需要安慰，需要一种蛛网般的格局，让他只保留最小范围的机动，蹲踞在世界的中央，像一个被层层护卫的“将”。

他不开灯，不关窗，等着夜对他展开，那是一种天文意义的展开。在宇宙沼泽中遍布质地柔软的、缓慢爆破的炮火。它们的美是夜的重负。

他的房间很小，他几乎将它穿在身上。但在黑暗中，它有着惊人的辽阔。他们之间有一种古老的关系——在穴居的年代，人们因为被洞穴忘却而消失。他的存在太微弱了，只是一股提示性的气味，是房子的一个记忆。床是唯一的实在，像一个望不到大陆的岛屿。他向它的深处退去（独自一个的人潮），只留下无法自行闭合的耳朵，像两只被撇在沙滩上的海螺。

枕头里藏着一个声音剧场。他在耳边徘徊了很久，不愿进入，也不想离去。那些被棉花捂得瓮声瓮气的说话声和犬吠声，像故事的流沙，无声地——以非声音的方式——渗透进来，慢慢地堆积成形。起初一段时间，他觉得享受。就像一个不知疲倦的雷达（或者一头驴），被来自不同方位的声音牵着一起旋转——“方位”这个词使他总是处于大大小小的盒子之中，仿佛他的房间具有弹性。空间像块布，被“此起彼伏”撕扯，渐渐地兜不住意义。撕破的帷幕背后，是一个以子弹的速度飞行的口技表演者。

沙的戏剧在一瞬间溃散了。

大兴土木的硝烟从他的背后升起，“家园”的硬化在他的肉身上留下一个个坚不可摧的猴岛。花果山的城镇化已接近完成。他躺着，异常平静，像一个庞然大物，像一头睡着的鲸鱼，像世界，默不作声地清点着脊椎部位的痒处和那里新近建起的、骨刺般的万达广场和全玻璃墙面，有一百五十间办公室的中央商务区。昔日那些上蹿下跳的猴子伐倒了树，仿佛想要借此砍掉耻辱。但这种平面化的清剿始终难以奏效，下树的日子仍遥遥无期——真正的丛林是一种不断通往深处的勾连，一棵树的树根接着另一棵的树梢，树树无止境。

他拔掉第七十一根猴毛，金黄色，带有皮屑的气味。他写作——他想做第四个写出《变形记》的人？在写作中，他变成时间。这几乎不能被视作一次变化，在他的身体上布满了那类可以称之为“逝痕”的东西。他在家里走几步，到处都有不可挽回的事情发生。他躲起来，像一只鸵鸟，想把世界藏在时间找不到的地方。但作为尺度的时间和被度量的时间，并非同一个，它们的关系就像一匹烈马和一条套马的绳索。他没能拴住自己的孤独，让它信马由缰地带动一切走向老年。

他写道：“老人，是失去了法力的神仙。”

他睡去，把钟拨停。菩提老祖，一个眉毛长过头发的老人，从云端跌落下来。“无知是一个永恒的黑夜，一切还没有对你显现。”一边下落一边死亡的老人对他说，声音刚一出口就立刻被风吞没了。孙这才察觉自己根本连一个数字都没有读完。哪里来的什么上海？他还在灵台方寸山的山脚下，作为一个樵夫，等待下一只猴子。那条唯一的河流，那条长在他身上的河流，就在脚边流淌着。

最后一次变化是一个意外。猴毛在他不知情的状况下脱落了。

他变身成为“不可名状”。

变化完成后他醒过来，第一时间感到口渴。出门买可乐时，他将右手插进外套口袋，用手指轻轻把玩着揣在兜里的三颗玻璃珠子：日与月，以及夹在它们中间的那颗裹满了山与树的星球。

2015 年 3 月

猛犸

献给父亲

他存在于所有的时代，他认识这个世界太久了。

1998 年夏天，我接到了一封来自上海的大学录取通知书，不假思索地逃离了故乡（私人史：故乡 = 个人的开端，一只装满童年的旧匣子；社会史：倏忽凿穿浑沌，我的故乡就是那次谋杀留下的三刀六洞）。坐上离乡的火车之前，爸爸妈妈哥哥和我，一家四口拍照留念，相片上我的表情，在今天看来神秘莫测。那不是一个快活的或哀伤的表情，总之它不适于即将到来的远行，不能佐证那些兴奋与不舍，更与离愁毫不相衬。那表情太过单调，连茫然也称不上，只能使人从中感觉到脸的无能。

火车经甘肃、陕西、河南、安徽、江苏五省，一路由黄转绿，沙枣的清甜跟羊粪的腥臊都还没有散去，随着北风和我的西北口音奔走了几千公里。车窗以外没有世界，我的宇宙便是在马背上的一阵驰骋与颠簸。我还是没有看到魔鬼城、鸣沙山和月牙泉，它们仍然抽象，对这种抽象的拨乱反正迟迟没有发生，这一延误令我爱上了它们。

大学毕业以后，我留在上海工作，饱食终日，但一事无成。从1998年到2014年，我的生命只是一种微不足道的现象。

我不是那一类会让猎头感兴趣的职业精英，能够参与“猛犸”计划，实在侥幸之极。作为最早参与项目的九十九个程序员之一，我至今不知这一项目的全貌，不知道它的实施范围、执行效果和目的，甚至不知道雇主是何方神圣。

对于我而言，“猛犸”是如此的如雷贯耳，令我颇以之为荣，但细究起来，很可能一切均出自错觉。起初我是在哪里看到“猛犸”计划和它的招聘启事的呢？热力学论坛的页面底纹、限制注册的地下情交流论坛ID签名档、昆虫百科小站的广告链接，还有一份下载量为个位数的稀见病症病例研究报告的电子版，“猛犸”计划的宣传似千帆过眼，对于我几乎无所不在，但都是庞大的网络环境中一些不起眼的小角落，只会对如我般惯于在暗处活动的网上爬虫起效罢了。

事实上，我本人就是一个不起眼的小角落——自幼时起，我就是一个畏光者，只惯于和自己的影子嬉戏。我能够确实记起的童年事件，全部发生在夜里。夜游神，在《封神演义》中名唤乔坤，为天帝派遣的司夜巡夜之神。另有说法出自《山海经》，将之描述为“小颊赤肩”的连体兄弟，共十六人，彼此手臂两两相接。一天夜里，或许正是他，以父亲的形象现身床头，穿着一身灰色帆布工作装，双手空空地向我作别，之后便出门远行去了。我在一种早熟的绝望情绪中熬到天亮，却看到另一个父亲带着讳莫如深的微笑，将早饭端进我的房间。

一切不过是神开的一个玩笑。

“猛犸”很可能是一个指令极其烦琐，可处理海量数据的超级软体。可单就我负责开发的模块而言，其功能却简单至极，不过是一个控制类似开关灯或眨眼的小程序，能够实现在两种状态间切换即可。我将大半功夫全用于修正这一切换，使其节奏更加稳定顺滑。加入“猛犸”计划的开发团队，手续既出奇地便利，但又有地下社团或教派那种神秘的仪式感。所有的申请环节都必须在网上完成，起初只能看到一个简陋的注册表单，只需填写最为基本的个人资料，甚至无须实名，只要录入一个银行账号和电邮地址即可。另外——也许是十分重要的——还要上传一份“理想城市改造方案”。我并未严肃对待这一要求，但仍旧因此有了一番猜想，最后认为这或许是一个关于野心的测试：以此告知申请人本项目是何等重大，并令其深感敬畏。

我递交的是一个名为“折叠城市”的改造计划。改造步骤如下：

1. 将城市面积均匀地切分为若干个等大的区块（以上海而论，可分割为七千万个九平方米大的区块），每一区块均安装多个摄像仪器，从多个角度二十四小时不间断采集这一区块的影像。

2. 在城市中心选定某个特殊区块，建构一个立体投影的空间。同样以上海为例，可选择滨江大道，位于震旦国际大厦脚下的保安岗亭，将其余六千九百九十九万九千九百九十九个区块的3D影像全部投在这一等大的空间当中，从而实现对于上海的七千万次折叠。这一计划若得以实施，在实际应用中还可能有其他变体，比如装在一只手提箱里的“便携城市”。

我想起自己的某一次离家出走——和其余几次一样，自以为心志已决，但最终又在父亲的第一声呼唤里就败下阵来——那一天，我在一个废弃的露天电影院里预先见到了末日。那里是我和其他几个孩子的秘密游乐园，在黄昏时兼有孤岛和神龛的气氛。除了我这个等待搭救的意外闯入者，尚有几百个悲苦的神灵在破败的水泥座椅间逡巡。父亲喊着我的名字，手电筒的黄色光柱左右扫视，在我藏身的角落停住了。我屏住呼吸，等待着训斥或安慰，以及被遗弃的孤儿重获接纳的感动。但仅仅停留了片刻，光便移走了，父亲的脚步声转而向着另一方向而去，直至细不可闻。我深切地了解到，自己被宣告失去了求生的资格，成为一件愚蠢的祭品。悔恨的泪水将这方寸之地变成一片汪洋，毒蛇猛兽在黑暗中跃跃欲试。终于，父亲和那道预示着拯救的光又再出现。这一次，他坚决地向我走来，如同红海在摩西面前分开，一切威胁在他的威仪面前退散。劫后余生令我欣喜若狂，得咬紧牙关才能免于成为一个抛弃尊严的投降者。

我的故乡被折叠在一块废墟之中，就像一个拔掉牙齿的人被折叠在面颊内的空洞里。

申请很快便得以通过——和申请程序一样，评定依据的原则和标准也完全没有任何说明——但必须相信“猛犸”的招募与执行都在严格地按章办事。项目开发在一个封闭的线上平台操作，这一平台被命名为“WOW-DEATH”，自带开发语言，以及一套相当完善且易学易懂的教程，另有不少可视化的、所见即所得的便捷功能。首界面的左上角醒目地标示着加入“猛犸”项目开发的人员数目，每个程序员登入平台后，都会接到属于自己的开发任务，而其浏览和编辑的权限也仅限于此。

猛犸，想象之象，抽象之象，壮硕的肌肉之雾，弥漫在洪荒时代既蛮且拙的气象之中。它的网络推广，隐含着一个悖论：最有效的传播是对传播的拒绝。或许也可以总结为，将某个消息定义为秘密，是将之昭告天下的最佳手段。对于这一技巧的运用，使得“猛犸”充分发掘了互联网上那些从不为人所注意的缝隙与死角：各类弹窗、用户协议、下载量为零的软件和文档说明。对于知觉者来说，“猛犸”就像夹在双眼之间的鼻梁一般明显而又难以觉察。这个项目究竟从何时开始运作，现已不可查证，我只知道自己是它的第九十九个程序员。起初这一数字变化极慢，仅仅从两位数到三位数的最后一个台阶便用去了数月之久，让人猜测它根本就是一个谎言，一个写死的板书。后来，随着基数的提高，增长也在提速。从 10000 到 100000 只不过一星期的事情，如今则每一天都有数万人加入进来。以这般滚动增长的态势而论，再经一年左右，地球全部的人口都将参与到“猛犸”计划当中。不过，从我填交申请以来，已过了二十年。何况若按此数列倒推，等待那从 0 到 1 的第一个开发者所花费的时间久得近乎永恒。

么嗯猛，音梦。么啊犸，音马。这匹幻象之骑一味奔向失重的高处，成为悬挂在高空的一个光点，如同一颗银质的眼泪在远古的河流中浮沉翻滚。

于我而言，对外星人和垃圾场女尸的见证是最具故事价值的童年记忆，但事实上，它们均非我本人亲见。那些喜欢仰望夜空的人，有理由将宇宙看作一片深海——无数条独眼巨鲸在海面漂浮，懒散地舒展着漆黑的身躯。故乡曾发生一连串的UFO目击事件，具体何时我记不清了，大约是在1985至1990年之间的某一个夏天。先是野外作业的石油工人或是开夜车的长途货车司机，发现天上一只鲸鱼的眼睛极不正常地眨了两下，或是变作一种可疑的颜色。随后，更多的人目击了不明飞行物，甚至有一整支地质工作队都在黎明时分观察到一只巨大的、金光闪烁的圆盘在戈壁上空现身，之后又向西南方隐去。电视台、广播电台和报纸都对此进行了报道，一个巨大的集体幻觉，让整个地区都陷入了兴奋和焦虑之中。大人们并不尽信，但孩子们却早已魂飞魄散。有一个星期左右，我和几个玩伴都在夜里偷偷溜出家门，跑去那些安静又空旷的地方，期待与飞碟和外星人相遇。

“猛犸”计划似乎根本没有尽头。我不可能数出自己究竟修改了多少次，程序并没有变得更加完美，确切地说，我根本不知道为什么要修改它。“WOW-DEATH”系统有一个程序测试和完成度评定的模块，在这一平台上接到的开发任务只有在通过测试，完成度达到100%的条件下才能够提交成功。我看不出问题出在哪里，完成度总在60%或70%上下徘徊，一遍又一遍地修改命令行和各种参数，却始终收效甚微。后来转机终于出现，完成度逐渐提高，但与其说找到了规律，不如说只是碰巧而已。我在做的，始终是一个前途未卜的实验。

垃圾场我们并没有去过，在那里翻出裸体女尸的新闻无疑更具现实性，但对于我却更像是一个梦境。有关死与性，今天的我并未比那时了解得更多，然而却少了许多好奇，想要还原那种隐隐的羞耻、恐惧和快感，已经很难。何况那时的我尚未掌握自渎的方法，使罪恶之为罪恶的律法，也还不曾给过我真正的折磨。我将尸体和画在厕所墙上或课桌底部的可笑的性器官等同起来，于是两种至关重要的经验，就这样先验地取得了联系。可以说是因为巧合——两者的知识来源凑巧为同一个，但说是本能也无不可。

“猛犸”自始至终都是，并将永远是一个秘密。它是可知的，但同时也是不可说的。它像粘在每一个行人鞋底的口香糖，如影随形地成为所有人共同的“私事”。在我的交际圈子里，第一次出现有关“猛犸”的暗示是在一个土耳其浴场当中。泡在池里的人会失去自我或重获自我——我被放空了，所以才装得下我——那是一种美妙的临界状态，在确定与不确定之间。雾气氤氲，我们听到某一张嘴里发出一个声音，如同报出了一句口令，在背部按摩的舒适压迫下，嘶哑但轻盈地滑进十余只耳朵。所有人都从突如其来的沉默中感到了尴尬，以及一种分外凝重的气氛，如同意外亲历了一桩超验的丑闻。

因为可以从学校的义务里获得特赦，也因为能成功地让大人愧疚，并暂时让出一些居高临下的优势，我总盼着自己生病。羸弱、抵抗力低下，被欺凌、被击倒，此时通过柔软的病床和精心的照料获得了一定程度的首肯。患病时，我几乎像是一个凭借谋略夺得王位的君主。然而，在一次有意疏忽导致的严重感冒之后，我发现自己丢掉了一部分语言，一些句子、一些词汇我不再能听到，也不再能说出。我深知这一点，但又极其谨慎地避免被他人察觉到。在表达出现空白或中断的时候，我便用赔笑和沉默来掩饰；我总是需要假装明白了一些自己并不明白的东西，我假装自己明白了语言的退场和消亡。

“猛犸”以及 WOW–DEATH 平台，对于语言和文字的忤逆是通过一种惊人的简化来实现的：一切命令、一切提示、一切基础功能都由一个字母 M 来表现，根据它的数量和相对位置的不同分配不同的含义。在只有一个字母的世界中，便等于只有一种存在得到承认：绝对或者基本粒子。对于“猛犸”而言，这个字母是占星术中的冥王星符号，代表变化、覆灭与重生。它的读音听起来像是一只被猎人追捕的獾发出的惊魂未定的喘息。女人的发音像是呻吟，男人的发音则像开天辟地的那第一声与永恒同等长短的“唵”。

故乡是开端，是创世的工作台（“神的灵运行在水面上”），亦是伊甸园，城市则堆满了巨大的泰坦化石。我们像从有破洞的袋子里漏出的豆子，滚落一地。（谁弄丢了我们？谁将把我们捡起来？）故乡，是深藏在我的腹腔之内的一部发条钟，我是一个没有内脏的人，以吞食时间为生。

“猛犸”计划虽则一直处在一种地下状态——即使在人尽皆知的今天也是如此——但它的附加效力已经率先显现于程序之外，体现在大大小小的社会关系和组织形态的微妙变化中。依靠斗争建立和维系的秩序愈发稳固，正因如此，斗争便失去了依据，从而导致秩序日趋松散。“猛犸”的出现和蔓延，以集体催眠的手段将一种秘密秩序——并未有具体的规条，而仅仅是一种自我规训的心理现象——悄然树立起来。这二十年以来，世界似乎和平了些。战争并非不再发生，而是逐渐内化，从国际争端、种族仇杀向一个行政单元、一个文化单元、一个地域、一个语种的内部转移，所有矛盾和锋芒都在内部爆发，对外则不露痕迹。大规模的征服已经失去了前提，但一些个人对另外一些个人的统治欲却有增无减。父亲与子女，上司与下属，丈夫与妻子，甲方和乙方，征战不休。所有人都有不同程度的精神分裂，他们在自己的内部开辟战场。所有内战的结论都导向同一种自我规训，从手枪到马鞭，讨伐的语言演变为驯化的语言。

死之四象：祖父已死，祖母已死，外公已死，外婆已死。他们安静而无害，笨拙但诚恳地对我表达着爱意。我却曾暗自怨恨他们的衰老，因体臭、惛懵的双眼和干枯的手而生出厌憎之情。

他们在我的噩梦中继续活着。

是因为无知吧，父亲允许并鼓励我与小动物朝夕相处。我养过一只狗、两只猫、一只刺猬、一对长毛兔、几只鸭子、鸽子，甚至还有一只猫头鹰。它们相继故去，我亦感到自己的一部分自我随之羽化：我在它们的死亡中成长。若不是叫我同步学习人语与兽语，莫非这才是父亲的目的？这些造物以它们自身的死来填充我的生。其中，一只尤为不起眼的麻雀，一个微小而五脏俱全的血肉样本，表演了灵魂的神秘。它是我的薛定谔之猫。

20世纪80年代，我站在故居院墙外抬头望去，片刻之前，一声清脆稚嫩的鸟鸣从头顶的某个位置发出——那里有一个碗状的鸟巢。我在一把梯子上走个来回，从巢中带出一只羽翼未丰的雏鸟。我吹口哨逗它，跟它说话，并想象它是雌性，将清水和麦粒盛在小瓷碗里，按住它的小脑袋，希望它从食物中感受我的善意。我用一根细绳牵着它在小院里跳跃行走，它萎靡不振，并频频跌倒，我开始明白这并非全然因为它的笨拙。一小时后，我向父亲求助，他认为鸟儿的死期将至，告诫我应立刻释放我这位可怜的小俘虏。其中有某种千真万确，但我又不愿接受和承认的谴责，我坚持自己是在挽救它而非伤害它。原罪潜伏在孩子的无知和顽固里。我撬开它的嘴，将米粒塞进去，但又被它吐出来。我开始抽咽，但仍然不肯放手，直至它瘫倒在地。在它微闭的眼睛里，活物的神采正像烟一般散去。于是，我终于决定对父亲五体投地，无条件地采纳他的一切建议。他的话里充满信心和宽慰，几乎接近神的语言方式，他告诉我，将小鸟放在屋顶——我所能够到达的最接近天空的地方——让麻雀爸爸看到，它们便会将它接走，因我而中断的哺育将继续，小鸟将起死回生。他命令我远离小鸟所在的屋顶，否则若干扰它们父子相认，结局便无法挽回。我依言而行。从正午至黄昏，我躲在屋里，独自面对自己的罪孽与救赎。晚饭前我出去察看，惊喜地发现一切完美地应验了——屋顶上空空如也，小鸟不见了。整整一个晚上，我处于被震撼、被慑服的，如宗教情感般强烈的极限状态里，感到幸福，充满感激、无畏，并且还有一些空虚。我想象大鸟举重若轻地用喙啄起小鸟，或者怀抱着它以单翅飞行。一只成年的鸟，在我看来是无所不能的。

次日一早，这种醉人且骇人的力量有所消退，我隐约得知尚有某种恐怖的可能性，我抗拒前往院墙外的某块地方，甚至避免转去那个方向望一眼。但可恶的好奇心令我不得不屈服，我踏入禁区，在那里绝望地捡起了小鸟的尸体。生还或覆灭，是命运的左手和右手。任何存在，一个人或是一只鸟，每时每刻都在两只手底下闪烁不定，魔术师神秘莫测的微笑足以说明，无论我们掀开哪只手，结果都将是错误的。神的意志在对人的嘲弄中得到最有力的体现。

然而，既然说到可能性，屋顶上消失的，和院墙外出现的，也可能并不是同一只鸟。

除去铁证如山的数据以外，“猛犸”计划的进展还被展现在一幅电子地图上，从其缩放功能和三维效果来看，此地图乃Google Earth的翻版。一幅世界的X光片（诊断：欧洲是一片萎缩的肺叶，非洲是肿大的前列腺）。按照人们通常的习惯，从红色到绿色，依次代表从最高至最低量级，不同的色块粗略地标示出每一个区域“猛犸”程序员的数量。我至今未能全然明白这一煞费苦心的功能究竟有何用处，但滚动鼠标中央的塑料滑轮将地图缩到最小，然后再飞速地放到最大，可以看到一对花花绿绿的翅膀合拢又张开，略嫌生硬和笨重地挥动了一下——在Windows窗框里塞着一位非凡的二进制天使。

地图或许是一个祭坛，一个仪式，“猛犸”或许是一种宗教，它以沉默祝祷，以孤独传教。

无助将人推向信仰。父亲在电话里描述我的一个童年玩伴之死。对于我，他的死至少发生过两次，一次是我的亲历，一次得自父亲的转述。十几年前，我的朋友自中学操场的单杠上跌下来，停止了呼吸，给我留下了一个他已死去的印象。然而却不知他只是进入了另一个生命阶段，那儿有懂得直立行走和皱眉头的狐狸，有穿墙而过的稀薄人影，有烟一样伸长的藤蔓植物，有地下室之下的地下室，有发光的鸟，有会行动和说话的兽类标本和残肢。但已不再有我了。他生了一种怪病，几度休克，生命像摇摆不定的火苗，一再被幻觉扑灭，又勉强燃起。以至如今他的死——这最后的死是如此奇特、如此复杂，可将之视为一系列死的终结——此后，便不再有别的死了。

死者的母亲是基督教、佛教、道教和气功大师的信徒，懂得偏方、符咒和降神仪式。她不仅不怀疑，不拒绝，拜服一切已知的神灵，还在寻求与他们做交易的可能。她在家里搭起各式各样的祭台，躲在窗帘背后偷偷观察祭品是否得到神的取用——她自身就是一个幽灵，只在黑暗中行动（即使在昼间，厚实的深色窗帘也足以遮蔽光线）。她掌握了一种“骂鬼”的语言，其中集结了各种难以想象的恶毒和肮脏的字眼。从入夜直到黎明，她守在他的床头尖声咒骂每一个企图乘虚而入，招魂或者附身的鬼魂，令它们羞愧难当、退避三舍。他死后，交易终止，但信仰在继续，因为她早已为他预留，并仍需持守某个去处：一座地狱或一座天堂。

对于“猛犸”的崇拜是无可避免的，但却是永远不会被公开承认的。与某道禁令无关，纯粹因其本身难以言传的暧昧性和非具象性。而近期，地图上陆续出现了一些徽章似的标记，使得眼前的电脑屏幕像一张被施了黥刑的脸——这算是“猛犸”即将公开现身的迹象吗？首先是美洲南端的合恩角被打上了印记，它的尖梢因而看上去更加锋利。当日便有一场咆哮狂怒的海上风暴使一艘千吨巨轮撞上千仞绝壁，更有十余头巨鲸在随后的几天中陆续在附近的沙岸搁浅。在所罗门群岛和图瓦卢之间的位置，这一标记的影响则越过了气象及自然，天灾变为人祸，原因不明的空难令大型民航客机在这片海域坠毁，数百人葬身海底。然后轮到东欧，在纷飞的雪片中，本已进入冬眠的棕熊和蟒蛇提前醒来，袭击了几个由于无所事事或其他原因到山林里走动的行人。但我相信，没有谁会就此确认这些事件与“猛犸”的联系，因为每一天，网络、电视和报纸上不是都堆满了这一类坏消息吗？以致我们很难因为别人的灾难感到吃惊，更谈不上产生什么追根究底的兴趣。

“戴帽子的精子把阳痿的男人堆成垛”，现代和后现代使用一种将错就错的语言方式，它意图掩饰的却被格外地凸显和强化了，反之亦然。“猛犸”也以现代性的方式，在动机与结果的相互背离中实现其爆炸性的空间增殖。“猛犸”程序员们的意志，在开发和执行动作中被长期的南辕北辙所改造，他们渐渐习惯将色情和政治、恐怖与滑稽等同起来，或是以某种形式进行置换。权力被模拟为一个无毛的，淡红色的，周身布满口涎似的亮晶晶的黏液的，寄生在鼻孔内的啮齿类动物。它能够发出两种叫声：骄傲的或是畏缩的。

我无疑置身于我的家族史当中，但要感知到这一点却难如登天。有一万个祖先在我的头发里攒动，他们将我的血管打上结系成死扣，扯得生疼。是十一岁那年吧，要不就是十二岁或十三岁，在一次（与我无关的）旅行中，父亲和大伯从（我从未到过的）祖籍所在地带回一本家谱。这是一本黑箱读物，同时，它也许是世上最为奇特的书。我带着极不愉快的，甚至有些恶心的感受翻开它——粗糙的纸张表面起了毛，时不时地露出两段枯黄的草茎。一沓死亡名单，一块纸上的墓地，到末尾处却顺理成章地出现了一干熟悉的生者之名。是哪里弄错了？当然不是。时间希望如此被看见，死希望如此被看见，让某些事实、某些埋伏，让某些有预先从无中露出来。这是一本会吃人的书，一本无限之书。

电子地图上的标志增多的同时，某个答案慢慢浮现出来。“猛犸”是具有积累和学习能力的超级系统，它所发布的开发任务和其本身的功能在同步得以实现和完善。世事本无常，但先声、征兆、伏笔和种种揭示结果的迹象又是无所不在的。当“猛犸”的数据雪球由一粒尘埃滚至一颗恒星般大小时——地球只是深埋其中的核——逻辑和预言的光芒穿透谜之大气层，照射在每一寸土地和每一个角落里。时机到了。一天前，“猛犸”停止了运转。电子地图上每一个区域均已变为表示最大数量等级的红色，无论视角缩放到何种程度，始终是满目的“猛犸”旗帜。WOW-DEATH 已无法登入，首页被一个不可关闭的浮动层覆盖，一个精确到毫秒的倒计时工具在其上运行。多日来，我第一次合上笔记本电脑。很安静，是我聋了或世界哑了。站在阳台向外看，街上满是无所适从的人，和我一样，他们的思想里有一个巨大的洞，有个什么东西正从里面游出来。我们的时代是一座孤岛，在过去与未来的汪洋中，我们兀自漂浮、孤苦无依，比任何时候都更了解时间流逝的意义。

所有人都已知道，“猛犸”计划已完成，程序即将在倒计时结束时启动。所有人都在等待，只有等待。

21:07，发动机陆续关闭，车辆横七竖八地停在街上，人们从车里钻出来，在街心摆上桌椅，抽烟喝茶，或只是悠闲而又茫然地静坐不语。警察们纷纷离岗，将枪套随手丢在地上，小孩子们用气球和水枪统治了公园和广场。妻子和保姆不知去向，熨斗烫穿了衣物，烙在桌面上发出吱吱声，煤气阀门打开着，火焰默不作声地吞食着生活。

12:22，有人忍不住笑出了声。无伤大雅，像一个相当重视礼仪的场合，比如斯诺克赛事或名流晚宴的间歇特意安排一个逗趣的助兴节目。

10:09，词语像星星相继陨落，人们的对话开始残缺不全，书页上的铅字掉色，辞典里出现整页的空白。情侣们夜以继日的做爱此时接近尾声，繁殖的本能随体液蒸干。墓地里传出敲棺材的声音——既已没有生，死也不再被忍受与承认。

07:10，人们重新说话，但彼此只能听到一些意义难明的喧哗，像是意识窒息过久，空气中布满了思想的喘息。他们听不清自己，刚说出口的话就被自己吃了进去，但他们仍在不停地说，似乎正该以此充饥。久而久之忘记了自己正在说的。说，仅仅作为一个动作持续存在。

02:37，两架 A380 从机场起飞，载满首脑政要，分别前往南北两极，电视新闻做了最后一次播报，两位新闻主播彼此拥抱亲吻。市区附近的两所监狱开闸断电，但犯人们只是来到放风的空地上躺下，对着天空发呆。城市好像变热了一些又好像变冷了一些。已经到了深夜，但所有的灯都亮着，女人们在院里围坐，有些人跳进被捞空的金鱼池里，双脚像打蛋器那样翻搅月亮，有些人像野兽那样趴伏在龙头前喝水。

倒计时接近尾声，我给一个女性朋友去了一个电话。“别说了，我不感兴趣。”她说。“啊，”我说，“几年以前咱们还在一块儿喝茶打扑克，你还夸我会讲故事来着。是几年前呢？”她挂断了电话，我在桌角剐蹭被咬得犬牙交错的指甲。少年时代屡屡梦见的巨蛇又再复现，在地板下游动，记忆翻涌着，使我处于一种时间的叠加态之中。世界像一件旧瓷器，表面布满了裂纹，事物与事物之间，事物的内部显现出无数道罅隙，神的造物露出了马脚，一切不再天衣无缝。我站在阳台，看世界的碎片像无数只眼睛一只接着一只先后闭上，所有景象开始从只能称之为空的墙体上剥落。

我不看自己——日月星辰乘着光学之舟一同沉没，镜子是现实的终点。如果我仍有权力以时空的坐标来定位自己，我会指出此刻，这最后一刻，既是2014年（我不想明说：所有的时刻，只有“现在”被视作秘密），又是2010年的一个冬夜和1990年秋天的一个傍晚，也是1979年12月，我尚未存在的一个上午。此刻我站在阳台上像站在即将被淹没的孤岛上；此刻我在浦江上漂流；此刻我在和谐号列车的二等座车厢里。我身处相对性的洪流中，我动，为了不动。

门缓缓打开，父亲身着灰色帆布工作装，神色疲惫。

他回来了，在世上的最后一间书房卸下了空无一物的背囊。

2014 年 8 月

机械动物志

一种为解读而生的动物

文字与文字之间永远疏离，但文字与间距是亲密的。凝视自己面前一行一行交替出现的黑与白，每个作者都难免有一种冲动，要设计一个美丽的版式作为这些琴键的容器，给作品一种具有生命的形体。于是就有了斑马——一种被打印出来的动物。

对于斑马，不应称匹称只称群，它只有两种呈现形式：独个的一页斑马，集体的一本斑马。需要特别指出的是，请务必将一页斑马视作一个独立的文本，它之所以需要与其他斑马结集成册，只因它以阅读同类代替阅读自己。在非洲草原这巨大的、形状不规则的书架上，斑马长期处于迁徙之中。与其说是为了求存，不如说是被书的本能所驱策：去有水的地方寻找读者。

当发情的季节来临，这本书会尝试凭借性欲的自然力排定其混乱无序的页码。一页公斑马追逐一页母斑马，经过一番对峙、攻防、挑逗、嬉戏，最终实现交配，暂时成为书中相邻的两页。一年孕期过后，这页母斑马开始生产。起初只是在页面下方冒出几条脚注，更小的字体、更小的行间距，在一个不显眼的位置露出一角。但是，从母斑马的站姿当中，你能察觉某种吞吐生命的艰难，某种介于创造与丢失之间的犹疑。它浑身绷紧了，打着哆嗦；膝头发软，令它不得不更加用力地蹬地。在这页身体里好像装有一台平衡装置，一个跷跷板，此刻，后半边正在下坠，使得它不能不感觉到自己里面多出来一串东西。它伸脖子甩蹄子，呼哧呼哧喘粗气，最后终于成功地把这东西给排除出去。

在这个阶段，每本斑马都在增殖，每天都多出不少印着小字体的小页面。一开始，它们无法独立成篇，只能依附在母斑马身边，作为一种阐述亲缘关系的补叙章节，但诗情的奶水和冥思的青草必将使它们变得高大，与母体分离。

文学作品无可避免的悲剧性命运恰恰在于读者的阅读动机往往只是饥饿。一个狮子的狩猎小队在草丛中潜伏多时，它们倾巢而出，用锋利的爪牙从书里撕下一页。在斑马曾预期的，所有可能的被阅读的方式当中，数这一种最为粗暴残忍。不一会儿，它已体无完肤，浑身布满血淋淋的批注。早先还有几只好奇大于食欲的小狮子站在后面探头探脑，试图去理解它，虽然这种理解仅限于琢磨它身上的黑纹与白纹究竟是不是一样多。后来，那鲜活的一切，那使斑马成其为斑马的一切，都被完全否定、被彻底剥离了。狮子走了，鬣狗来了，对其表达的误解与背叛还在继续，它只剩下一具骨架，像另外一匹镂空的斑马：此时它已经被完全改写了。等到只剩秃鹫还对它抱有兴致的时候，它已经不可能被辨认了，只能静待自然将之归档，永久封存。

关于斑马的一项心理研究表明，终其一生，它都在对于自己的极度不满之中度过。它始终将自己视为一个半成品，但很难说它想成为白马还是黑马，它希望自己是白纸还是黑字，它期盼着抹去意义还是容纳所有的意义。

蚁穴逃生

打开一本书，面对一个错综复杂的蚁穴。数量可观的通道中塞满了蚂蚁，乍一看，它们似乎全都没有四肢，只能蜷缩起来、静止不动，像一些小小的煤球。这是一个专门为你设计的迷宫游戏，你从中选出一个点，朝一个方向看过去，蚂蚁们就如梦方醒，背负着你的目光开始爬行。

起初你完全摸不着北，在你眼前摆着的，是一个抽屉城市的平面图，满满地装着居民（那些蚂蚁），也满满地装着路径。大路小路，纵横交错。你竖着走一条路，横着走一条路，拐着弯走一条路，有时你看到一段阶梯状的斜行路线，就一个直角一个直角地走下去。你走格子、跳房子，但怎么走都觉得不对。你的目光灌铅似的沉，压得驮着你的那几只蚂蚁寸步难行。

正当你陷入徒劳无益的角力之时，一道天机突然降临，用一把梳子帮你刮出一排排清晰的犁沟。你醒悟到一切谜题、一切机巧都必然可抽象出一套规则、一个公式，其中暗藏生门死门，而破解之道无非几个字：化繁为简，以不变应万变。你用手中的庖丁之刀划分、切削，用几何线条勾勒出一条曲折回旋的肠道。一切都清楚了，只要坚守一种横线优先的逻辑，从左至右，从上到下，你很快就可以走出去。

首先，从左上角开始看，但小心别一脚踩空，那里只有一个坑，如果说得更确切一点，是两个连在一起的坑。作为先头部队，那两只本该在最前方探路的蚂蚁做了逃兵。你马上跳过去，你的动作小心翼翼，好像你跳过的仍然是两只蚂蚁。不过也没错，你跳过了它们的岗位，跳过了它们的缺席，否则你还跳过了什么呢？你落在第三只头上，事实证明“三”总是一个可靠的数字。你和你的微型驼队就从这里开始行军，沿着一条条战壕，跨越一个个陷阱。你发觉这些陷阱翻来覆去总是那么几种，最常见的是“，”和“。”。一条蛇和一口井，看上去相当危险，但你已足够轻盈。你轻车熟路，逐渐加快了脚步，什么也拦不住你，如果遇到一条河你就用“——”搭一座桥。不适感只出现在每个段落的结尾，当你滑入那一截或长或短的空白，在失重的状态下，一段同样长度的虚无也划过心底。

你的视觉旅行在客观上促成了蚁群的流动与迁徙，也许是作为回报，蚂蚁们在它们的方块剧场里巡回表演着一出只给你一个人看的默剧。情节有时令人高兴，有时令人伤心，但你大致上是愉快的。

在外人看来，你似乎在用目光烤饼，烤熟一面就翻到另一面，烤熟一张就换到另一张。最后你把书合起来，一个庞大的蚂蚁蜡像馆就被封底封印在平行六面体的地下宫殿里，咒语只有这么一句：定价35元。

半头大象的生存状态

不知为什么，树林外站着半头大象。可以想象，如果你的手边有一头大象，要从中准确地分出半头，只能左右分而不可上下分。你对待它就像小学生对待自己的课桌，从头到尾，在它的身上画出一条也许并不那么严谨的等分线。不过，至少能够保证两边各有一只眼睛、一只耳朵、两条腿。至于鼻子和尾巴，多一点少一点，也没人愿意斤斤计较。所以你看，这所谓的半头只不过是一个概数，如果非要用于数学换算，绝不能直接计为0.5头大象，还是考虑0.1左右的误差值为好。

站在树林外的这半头大象，它能给你造成一种四倍错觉。换而言之，虽说它只有半头，但却可以让你看到两头大象。从一边看它，看到的就是一只平常的大象——可能有少许不同，让你觉得它的这个立正的站姿过于标准，以至于就像一个训练有素的行军队列，它的一条腿完全挡住了另外一条；而换一边再看，它就成了另外一头大象，一头生物教学图片上的大象，一头大象的纵剖面。

出于一种隐私意识，这半头大象始终坚持只给人看那个近乎完整的侧面。它就像那么一件瓷器，不断地想告诉人们：我的形体美观，我的结构和谐，我是一件整体与细部都精巧绝伦的工艺品，请关注我的表面画了什么，不要询问我的内里装了什么。这件机关算尽的食草机器，一切活动都旨在为自己寻找一处无懈可击的背景，以衬托它的光明面，遮挡它的阴暗面。几乎在每一道天然屏风之前都少不了它的身影。它出现在一片树林的前方，出现在一座山的前方，出现在一条瀑布的前方，出现在一处神殿废墟的前方，出现在一艘搁浅的船的龙骨前方，出现在一块镜子的前方——它跟它贴得那样近，以至于好像真的合成了完整的一只。它不懈地实践一种把自己平面化的努力，企图彻底遁入一幅只有侧脸的肖像画之中。

一次难得的机缘让这半头大象体认到另外一种美。它偶然经过一个溶洞，美妙的光影在洞口闪烁，仿佛自然在它面前打开了自己的珠宝匣子。虽然有点害羞，但它还没有足以抑制好奇的理智。它走进洞里，迷失在珍奇的石笋和璀璨的水晶丛中。原来里面比外面好看得多，它想。它开始考虑全面地看待自己，但因为只有一面有眼睛，这可不是轻而易举的事情。直到有一天，它来到一个山坡上，坡下是一条清澈的河流，从它的角度向下看，恰好看得到自己的另外一面。那里有一间漂亮的实验室，有各式各样的瓶瓶罐罐和弯弯曲曲的导管，它们全都挤在一起，但分布得十分合理。这半头大象看到自己的角质层、表皮层、真皮层；看到刚刚还在这半张嘴里咀嚼的金合欢树叶随着一口惊愕的唾液滑过食道落进胃袋；它看到心脏在搏动，仿佛里面不断地发生着一次又一次微小的爆炸。它就那么站着，一直看了很久。

在故事的结尾，这半头大象找到了另外半头大象——不要误会，它们体形悬殊，无法合二为一。它们最爱在一起做的事情，就是让对方用鼻子向自己里面喷水。这种遍及五脏六腑的清凉是多么得天独厚的享受！这个故事告诉我们，半条蛇、半头猪、半只乌龟，所有这些半斤八两的忧伤都注定只是暂时的。

不是蚊子

寒冷、干燥让人烦恼，但有一点值得我们以睡觉的名义向冬天致敬——蚊子消失了。在夏天的梦里，有一种对轰鸣的战斗机、对从未发生过的空袭的恐惧，或者说憧憬。那是在睡眠中穿梭的蚊子，我们这个时代唯一仍常见的野生动物。

它介于具体与抽象之间：在人们面前绕着圈子飞行时是具体的，但在你的巴掌下消失时就成了抽象物。双掌一合，然后再分开，怀着期待与不安揭晓答案：但里面除了疼没有别的。这时你才意识到从用力程度来看，你打的不是蚊子，而是在打另一种坚不可摧的东西。你打的就是疼本身。蚊子是金蝉脱壳的高手、是疼的至交，在手掌相触的瞬间，它用疼把自己置换了出去。但不用太惋惜，这不是那种一次性的遭遇，不同于人生中那些无可挽回的错过。很快它又会萦绕在你面前，孜孜不倦地想从你这里得到死，似乎你制造的死是一种特别浓稠也特别甜蜜的黑色糖浆，里面装满从你身上榨出来的高质量的睡眠。

如果你闭上眼睛，它就对着你的耳朵做文章，嗡……这声音从点状连缀成线，与此同时，它的形象则完全消失了。作为一种临界生物，蚊子转化自身存在形式的手段简单而有效。随着音线被进一步拉伸，虚化为若有若无的音丝，到后来似乎不是外界，而是在你的脑子里有那么一个细小的发声器官在自行震荡着。

那么具体地说，什么是蚊子？微型的飞行特技，残留在掌心的黑色污迹，在指甲的刮擦下渐渐鼓起的红斑？这些具体的东西都不是蚊子。

人鱼鸟

人鱼鸟的存在象征着对空间的全面征服，它们曾经被认为是生命形式的顶峰。在空中、在水下、在地面，它们都是唯一的高等动物。在自然界，它们受到的厚待曾使所有其他物种感到嫉妒。这种拥有一切生存本领的三栖智能生物，可以在任何位置、任何环境中游刃有余，但它们却有一个无法战胜也无法回避的天敌：一个选择权。

作为一只人鱼鸟，无论它在哪里，所要面临的都是同一个丁字路口。它们信仰的是一种海陆空全覆盖的全景式宗教，神给它们腮，神给它们肺，神给它们翅膀，神给它们腿，神以一切实际给予它们的东西告诫它们：最可耻的浪费是对自身天赋的浪费。人鱼鸟的一切智力活动，都是为了思索如何充分利用其全部的能力，结果只发现，每一种看似幸福的生涯背后必然有至少两个无法填补的遗憾。

它们在忧伤中裹足不前，它们的牢笼叫自由。理想的状况下，才能会带来解放，才能的所有者将享有一种随心所欲的生活。它们或飞，或走，或游，只看心情；建屋，筑巢，掘穴，全凭兴致。无论是想缩地成寸，一眼望尽下界的风景，或是躺下来数天上的白云，对于它，只需斩钉截铁，马上做出决定，然后迈出去、潜下去、飞起来即可。

话虽如此，但时间是伏在暗处吐丝结网的蜘蛛，犹豫是它捆绑猎物的手段。你只会看到，所有的人鱼鸟都生活在一个悬置的中间状态中：一条腿抬起，准备走路；一边翅膀打开，准备起飞；身体向前伸出一半，准备跳下水。

一位启蒙思想家在全面分析了人鱼鸟的身体机能之后，设计出一套评估体系，并想要据此规定人鱼鸟个体的行为模式。它声称，如果给人鱼鸟的能力建模，结果不可能是等边三角形。每一只人鱼鸟的三种能力之中必有一种优于其他，因此，它们理应分别居于不同的领域，各就其位、各安其命。反对的声音远远多于认同，倒不是人鱼鸟们担忧阶级矛盾会由此而生，而是阶级与阶级之间孰高孰低又引发了新的争议。天上的那些似乎理应高一些，可一旦来到水中，它们便成了发育不良的残疾。该怎样保全它们身为贵族的优越感？于是又一种新的解决方案被提出：干脆将原先的一个物种分裂为三个物种，不分高低，各自独立，老死不相往来。这似乎已经是唯一的办法，为了继续繁衍生息，大多数的人鱼鸟决定接受这个提议。

但还剩一个问题，也许是最后一个问题：分裂之后，该由哪一部分继续保留人鱼鸟的称号？从人鱼鸟里分离出去的新物种又该叫作什么？是鱼鸟人、鸟鱼人，或是人鸟鱼？在得出答案以前，它们就已灭绝于难以克服的身份焦虑。

高处

长颈鹿所反抗的是一种将美归于比例的谬论，它像一杆柔软的AK47，挑衅着眼球、摄像机以及任何一种直接或间接的视觉器械。

当你把镜头对准它的脸，在那个高度之上，不会再有其他的动物。

这种不可一世的排他性还体现在时常显露的醉态之中：长颈鹿走路就像踩着高跷的演员，步点很难说是收放自如的，看上去更像是故作轻松的卖弄。尤其是，当它前仰后合地小跑起来，似乎是有意要你为它担心，然后再证明你的担心是多余的。

总之，长脖子所暗示的软脾气，虽不算一个假象，却以一种摇摇欲坠但又坚持挺立的倔强为背景，绝非一种宗教式的无条件的温顺。长颈鹿拒绝向多数人偏爱柔媚的视觉喜好妥协，它永远不会像天鹅那样做作地将脖子扭成S形。

一句蹩脚的诗——长颈鹿的皮毛是猛兽的床单——揭示了一个事实：这个长得像烟囱的高个子是草原上的催眠能手，一位巫师或一名心理医生。对于狮子而言，长颈鹿的形象并不容易激发强烈的食欲，相反的，只会让它有一种提不起精神的舒适感：一种从沙发床、毛绒抱枕、暖色调的窗帘中产生的舒适感，一种呵欠连连的满足感。黄色谱系以及花朵式的斑点令嗜血成性的大型猫科动物感到迷惑，这个几乎跟树一样高的食草动物和它们竟有几分相似。从质地看，它像是一件精致的布艺制品，一件棉麻填充玩具，还可能像是一只特型气球。即使它体形庞大，也不过像游乐场里的游戏设施：一段滑梯或一只音乐摇摇马。它使草原暂时出离弱肉强食的严酷气氛。不要忘记，猛兽也有童年。长颈鹿化身为特洛伊木马，潜入狮子与鬣狗的襁褓或摇篮主题的梦中。

从头部与四肢之间的距离而论，长颈鹿的思想与行为发生关联的方式像放风筝，难免响应迟缓、时有脱节。但好处也非常明显，这使它在用餐时不必有失体面地在泥土里拱来拱去。它的生活与那些将树叶捧往天空的高大乔木处在同样的层次上，在那里，树冠与树冠相连，仿佛草原被抬起来端到一张桌子上。

在非洲一隅的自然大课堂里，捕猎和逃亡都是必修课，每天都有无数次宣讲与实习，长颈鹿教授开设的礼仪课程则过于冷门，成为仅限于家族范围的内部研讨。它们有如旗杆般的高挑本身就是和平主义的雄辩：境界有高低，势力无大小。

比其他动物相比，长颈鹿可以在更近的区域聆听风撩拨树叶和雨敲击树枝的弦乐，这必然使它具有一种特殊的品位，或者说，必然使得它对声音特别挑剔，自然界常见的那种无意义的聒噪，对于它，是难以容忍的。有时你会觉得长颈鹿是为了远离市井的吵闹，图个清静，所以才会把头颅举到那么高的地方。它拒绝开口，拒绝给这世上早已过量的表达再增添任何一句话。它认为语言、词汇、句子的数量已经远远超过一切意义的总和，多余的部分只是画蛇添足和信口开河，是浮夸、误解、捏造、矫饰、附和、附会、谩骂和无休止的重复，这些嘈杂的声音废料在发酵之后成为毒品与酒精，导致一切的疯狂和混乱。

但如果仔细观察，就会发现长颈鹿有时也会讲话，只是过于简单，只够做出一些表态，不成章句，连字词也算不上，难得从它嘴里蹦出来的那几个微弱而且古怪的发音很可能只是标点符号，表示停顿与终结，最多再加上对是与否、真与假、黑与白的判断。

再或许，那只不过是一两句模糊的口令，用于步伐与仪态的自我操练：121，121。

末日牌榨汁机

1

一台无所不能的榨汁机，一台斗士般的榨汁机，一台充满实干精神的榨汁机摆在桌面上。一只重一百五十克的苹果，一只红通通的苹果，一只表面无瑕疵、形体优美的苹果，被一只手挟持着，悬置在筒状刑场的上方——圆筒的底部是一张布满小孔的银色面具，以一种人工驯化的假象挡住下面那只狂暴的野兽，只露出它带刺的金属舌头。这只苹果无疑有一种殉道者的姿态，始终表现出水果隐忍的修士传统。不过也可能这种平静只因无知：它是个瞎子，不一定完全明白自己的处境。

一阵轰鸣声响起，起初并不算特别吵。苹果被塞进一个洞口，它感到尾部被什么东西挤压，这股压力把它推向一段通道的深处。这是一股持续的、无变化的力，所带来的疼痛也因而是可以忍受的，甚至是可以习惯的。老实讲，还令它产生了一点可耻的快感。就只有这样吗？苹果既庆幸又不安地想。它还不知道自己已经被推到刑具的刃口，也不知道透明的筒壁将使行刑与受刑成为一场表演。

一种冰凉的、被锋利之物扫过的体感出现在它的前端，开始的瞬间只让它感到前所未有的舒服，像一个人有生以来第一次剃头、第一次刮脸。但很快，恐慌像闪电击中它，让它开始剧烈地颤抖。从后向前推挤的力与从前向后切削的力在它的心中汇合，让这颗富含维生素的星球被一种不可阻挡的宿命所震撼。它发现自己正被急剧地削弱，这种强横的、霸道的消逝过程，令它无比感伤，但又觉得无比可笑，就像一道无法随生命一同终结的目光，不得不注视着自身的腐朽。

圆筒在猛烈地摆动，水果一贯的顺服态度此时已荡然无存，在凌迟之痛的刺激下，这可怜的祭品开始竭力挣扎。厉啸声声，越来越令人难以忍受，一场疯狂的祭典迅速走向高潮。表皮与形状被剥夺，矜持如它也被迫开始在圆筒当中表露其最具食用价值的隐私部分。酸涩的防具被拆除，一颗苹果香甜诱人的城府在痛苦的尖叫声中从心窝子里被掏出来。

现在，它已被彻底粉碎，也许仍然可以被称作苹果，但首先要将这个名词原子化，苹果所指称的不再是一个被确切的形体所规定的可数可量之物，而是作为一种材质甚至一种元素趋近于本质。或许视粉碎的程度而定，还可以考虑称之为一只立体主义的苹果。已经无所谓抵抗了，再也不存在一个抵抗的主体，只有势不可挡的飞旋、搅动与切割，只有这些运动的具体呈现。转速马达的轰鸣一旦被适应，就仿佛一支号角吹奏苍凉的旋律，分离不断发生，亲人分离、情侣分离、血肉分离、身心分离、天地分离、阴阳分离。白色、红色、绿色、黑色的碎渣通过一个个小洞被甩出去，飞进阴森的果渣盒，琥珀色的果汁则从另外一边经过滤网流进杯子里。

转速放慢，轰鸣声变低，最后停下来、静下来。一场翻天覆地的武装政变将一只简单的苹果分化为两个地位悬殊的阶层，装在杯子里的精英分子将被充分承认、被普遍尊重，而装在果渣盒里的，模样和价值都有如粪便，唯一的下场就是被排除、被清理。同时，这又是一场秘密的占卜仪式，最后的结论或许是海洋终将征服陆地。

2

“榨——汁——机”，仅就名词的构成而论，就可看出这是一台目标导向的行动主义机器。所谓“榨——汁——机”，其实就是“榨”这个动作本身，是它的实物形态。把一个人放在“榨”的面前，作为它的动作对象，可能会迷惑它，让它举棋不定，十足的陌生感会令它失去对于结果的预期。我能拿他怎么样？它想。其实对于“榨”而言，只要榨就对了，它的主要问题不在于如何行动，而在于何时停止。需要计较的是，究竟一种什么样的状态意味着行动的圆满？

人从进料口被推进榨汁机，作为一个宾语，同“榨”的动作发生了直接关系。他不能拒绝这种关系，也没有一个同等级的存在作为可抗议、可咒骂的主语。因为惯于扮演操纵者的角色，他喧宾夺主地谋划着：既然它并不知道自己要什么，那么就由我来决定给它什么。

在刀网和推杆的前后夹攻下，他甩出大段大段的故事，不是过于平淡，就是过于离奇。他拱手奉上的心里话不外乎自我美化、自我表现和一些飞溅的情诗。但你可以欺骗机器，却欺骗不了一个动作。这个动作以达成某个终极状态作为目的，只要变化没有完结，其对象仍在响应这个动作，它就不能停下来。

榨汁机钻进人的身体里逼他交出更多的营养，越高明的掩饰越使它感到有的放矢。谎言被捣碎，人逐渐变得坦白。开始是被迫，但到了后来，真诚却像泉水情不自禁地喷涌而出。他有时放声大笑，有时痛哭流涕，他猥亵、他咒骂、他悔恨、他羞愧，他对一切感到恐惧。

与同情相比，好奇才是一台榨汁机的主要心理特征。它只会更加不遗余力地撕扯、摔打、催逼。岁月和经验结成的壳从人的身上剥落。他像一枚枣核，像一个婴儿。他像一颗被融化的胶囊，像一只被敲碎的鸡蛋，像一个从电视机里流出来的画面。一切理性的、教化的填充物都被碾碎、被抛弃，被甩进阴沟一般的果渣盒里。

经过滤网，最后流进杯子里的是一个无遮挡的、透明的，然而却无法窥探、无法了解的事物。他没有形状，但也是一切形状，他可以被无限分割，却又浑然一体。现在，他是一个完全裸露的秘密。

3

它发现世界只不过是一团岩浆，或更进一步地说，也就是一张元素周期表而已。在榨干一切以后，这台无所不能的榨汁机，这台斗士般的榨汁机，这台充满实干精神的榨汁机只能榨自己。于是榨汁机把榨汁机放进榨汁机里。

接下来请想象一条咬尾蛇，一根穿过自己针眼的针，尤其是一个在子宫里孕育自我的女人。

这台榨汁机一旦开动，就进入一种不断自我吞食和自我生育的过程。它像一件衬衣反复从领口钻出去，翻到另一面。所有悲壮的努力目的都在于绞碎自己、让自己消失。

但一台榨汁机的自杀企图鉴于其特殊的本性，是不可能得逞的。死亡总是发生在某个瞬间，就一下，一了百了，可是榨这个动作却表示一种绵延的消耗。作为一台榨汁机，要实现自我否定，就不得不同时自我创造，反之亦能成立。

这个过程演变成在两名旗鼓相当的围棋国手之间进行的无休止的对局。在白与黑、进与退的轮转中，没有谁能分辨是夜吞没了昼，还是昼覆灭了夜。它一边将自我碾成粉末，另一边又重新将自己组装成强有力的机器，以执行这项毁灭的任务。作为旁观者，可以看到一台摆在桌面上的榨汁机，以一种细沙的动势，以水波和漩涡的形态逐渐消失，但消失的部分又在另外一端出现，填补那具金属和塑料的躯体。好像电视机里的一个人走出屏幕的一条边界却又从相对的另外一条边界走进来。这台榨汁机已经成为一台自动翻转的沙漏，架设在有与无之间。它在时间之中闪现，并以自身的闪现来演示时间。除了时间以外，它什么也没有、什么都不是。

看不见的动物

这样的动物有两种，它们被光或人们的眼睛判决为不可见。对它们的知觉行为绝对不能称之为看。我只能以下面这种模糊的方式来描述它们：

碰巧在野外，或者在你的书桌底下遭遇第一种动物的时候，你会感到眼神被绊了一下，目光的一个踉跄让你发现一个台阶、一个突起或者一个弧度。眼前的一切一览无余，但你肯定，在你的视线所经之处，一定有什么东西以绝对开放的形式隐匿起来。如果运气足够好，你可能会看到一个没有猫的笑、一个没有绳的结。

至于第二种动物，它的存在坚实得如同一座影子帝国的堡垒——由一亿道影子叠成。起初你认为它是黑色的，但后来你明白没有这样一种黑，也没法将它归于其他的色彩，它在颜色以外，属于另一范畴。你的目光不仅被阻断，而且被反弹，你被撞了一个跟头，翻滚着跌回自己的瞳孔。多数情况下，你把它想象为一个平面，但有时也会隐约察觉其中的纵深。它可能像一口倒装的井，不解你的渴，却喝掉了你的视力。

分析起来，可以说这两种动物分别遭受了两种不同的刑罚，一种被光忽略，另外一种则被光剔除。前者名为空或透明，后者则无法命名，它连被命名的可能也遮蔽了。如果就为了方便，我们可以称它们为阳与阴、开与关，或者哪怕男与女都无妨。但我把它们叫作茫然和晕眩。

我将茫然和晕眩分别归于食草动物和食肉动物，以说明它们在精神层面的游牧与狩猎。生物学分类依据可见的物质形式，也只能对可见的物质形式起作用，套用于这两种动物，只能得出一种反科学的修辞，之所以非得如此，只因我自己也活在比喻之中。

茫然以一种精神草本——我们的注意力为食，别名叫若有所思。虽没有任何统计数据，但从日常所见来判断，茫然不喜好强壮的身体，它的食物来源更多集中于老人或女性。不过也不能排除，或许是牧场选择了牧群——为了自身的肥沃。老人和女人们有意贡献出一茬一茬的注意，利用茫然显得睿智或优雅。晕眩则会生生地吃掉不可再生的意识，其破坏力远非睡眠的潮汐所能比拟。精力、记忆、逻辑、意志，都在它食肉、饮血、吸髓，如报仇雪恨般的食欲之下化为乌有。它寄生于酗酒者、药物依赖者、溺于声色者、过度手淫者，借一切恶习之锯一小块、一小口地生产失魂落魄的行尸。

好事者想要饲养它们，享用它们因不能被观赏而具备的特异观赏性，结果，疯人院和太平间在晃眼的白光中成为茫然的草场和晕眩的兽笼。

城市杂交主义

1

蓝色的铁皮围墙提醒我们，施工区域是一片干枯的海。

在任何一栋楼里，从任何一扇朝街的窗户望出去，似乎都能一眼瞧见工地里巨大的铁吊臂。每一座城市的每一片区域里，多少都有几座这样的灯塔。一大清早醒过来，人的眼皮是自己张开的，但那双内视之眼却是被某样直立高耸的东西撑开的。这一点很少有人留意。

当上班的人群匆匆忙忙地涌进每一条大路小路，分分合合，顺流逆流，很少有谁会透过半掩的铁门看一眼身边的那片海域。被蓝色围墙围在当中的，是城市的一个正在结痂的伤口。工业生产的嘈杂声浪里喷溅着白色沙土的泡沫，拒绝接纳每一条在路上奔流的、散发着早点与牙膏气味的小溪。

体形庞大的海洋节肢动物已经和城市一起苏醒，缓缓举起并挥动它们威力惊人的巨螯。如果仔细看，一般不难看到，在它们的眼睛里往往坐着一个小小的人。它们硕大无朋的体积，方方正正的身材，令人忍俊不禁地想到一只龙虾、一只螃蟹和一栋房子的暧昧关系。

一座城市每天只在两个时段完全化身为流体，在清晨之外，只有黄昏能让工地恢复海的面目。到那个时候，下班的人群经同样的路线，朝相反的方向行进。海面已风平浪静，和蔼得像一个母亲，将怀抱向每一条粗粗细细的河流敞开着。但这些颓唐的河流，却一条比一条更加疲软无力，低垂着脑袋从它身旁经过，然后就像一阵软绵绵的烟雾，散作丝丝缕缕，被一栋栋住宅的鼻孔吸了进去。

接下来，很快，夜色的潮水将漫过整座城市，也将灌满这块工地。在入睡以前，如果你仍然对那片蓝色有所惦记，不妨拉开窗帘看一眼，你会看到整片深蓝的大海。一只只头顶探照灯的深海动物，或者游来游去，或者只是潜伏着，沉静地呼吸。

2

从第一印象来推断，建筑似乎是一种农活。他们挖一个坑，把墙种下去，按照自然界的普遍逻辑，房子会自己长出来。以后就是长多大、长几层的问题，这当然和建筑物的品种有关系。但也许，因为无法供给墙体生长所需的养分，后来人们才赌气似的在方块根上玩起了超大规模的拼装游戏。这种任性行为的全部危险之处在于游戏者和玩具非同寻常的体积对比，在搭建的过程中，为了抵消发生倒转的大小关系，不得不多出一连串烦琐的环节。不只是一个人拿起一块砖，还有更加巨大的机械手臂托起一个人，而操纵手臂的又是另外一个人。游戏不再是人和玩具的直接对话，而是人、玩具、人、玩具的层层传递，这一层级的玩具在下一层级中扮演游戏者的角色，而下一层级中的人被它玩弄于股掌之中，为了将游戏玩下去，不得不沦为玩具的玩具。

在城市的几何学构造中，拼装主要有两种形式，以便达到两种目的。方与方的组合、方与圆的组合，被摆放在同一个平面上，代表两种完全不同的追求：稳固和机动，定居与流浪。在城市的丛林中，植物与动物同样方头方脑，在它们之间并无分明的界限。一个偶然的机会，你坐在其中一只动物的肚子里，开往城市的边缘，在路况糟糕的城乡接合部，四条圆腿磕磕绊绊，时不时地一跃而起。如果在这个时候，你抬头盯着观后镜，就会看到整座城市像一窝大大小小的积木兔子蹦跳着远去。

死亡与电视

宇宙的始与终，它的爆发与收缩，只不过是真空二极管的射精行为，一种点、线、面的维度游戏，实现于一只方块眼球、一个色彩盒子之中。不过，这里要讲的只是一个人，不谈他的生，只说他的死。

听我说，死像关掉一台电视机。你也许没有考虑过，也不会承认这个动作的延续性，你认为死没有长度，只是两种状态的瞬时切换。因为你不是一台电视机。

现在，请面对沙发，蹲下来，最好背靠着墙。请坚持告诉自己：我是一台Sony牌彩色电视机；出厂日期是1995年；30英寸；荧幕长宽比是4 ∶ 3。不断重复，同时闭上双眼、抱住膝盖。运用你的想象力，想象你被装在一只箱子里，箱子规定了你的轮廓，你无法自由生长，只能紧贴着箱子的内壁；于是，你的肌肉和脂肪开始发挥软质材料的变形能力，顺着每一条边、塞进每一个角；当你大致成为一个六面体的时候，为了终止生长，皮肤全面钙化，结成一层坚硬的角质。所以现在，你发觉自己变成了一枚方块蛋、一枚箱子下的蛋。但还不能休息，注意你的眼皮，一直盯着它，拽住四个角，将它扯开，直到它和你的其中一个直立的面基本等大。接着，在这块深灰色的屏幕上摆一群小人儿，再视需要添些其他小物件，布置一些微缩的场景，让他们在其中活动。

最后，拿出一个疲倦的观众，搁在沙发上。他实在看够了你的表演，举起手里的遥控器：一按。

你肯定会感到奇怪，没有你熟悉的那一声清脆的“啪”，耳朵只能捕捉到细不可闻的嗞嗞声，就像哪里在漏气。你看不见自己，只是感到愕然——这代表画面的一个定格——同时感到体腔内正酝酿一种轻微的向内旋转的动作，暂时还只是一个趋势。坐在你对面的观众仍然高举遥控器，仿佛比画着击剑的起手式；甚至从烟灰缸里升起的一缕烟也静止不动，像画在空气中的一束倒置的、卷曲的马尾。随后，你以逆向的方式开始启动：不是撑伞，而是收伞；空腹的机关枪把射出的子弹吸回枪膛。

起初只有最后一个画面被一股龙卷风般的力量裹了进去，像一块巨大的彩绘玻璃被翻转、碾磨，但极其缓慢，仿佛你是一台笨重生锈的滚筒洗衣机。而随着速度渐渐爬升，你发现风并不只向一个方向旋转，即是说旋转的风不只有一层，外层的风将较近的画面向内卷，内层的风将较远的画面向外推，就像一本被拆散的书：所有的图像，一切可显示、可调取的信息都搅在其中，凌乱不堪，相互交混。页码再也不可能理清了，你觉得自己在老年之后才有童年；先有了初次性经验，然后才出生。你以一种随机的方式重复经历了一生中的所有事件。而从实际效果来看，你是在吞食这些事件。它们被粉碎、消化，你确信自己已经失去了存储机能，而你里面的空洞却通过内与外、有与无的矛盾将一切排放至宇宙的最远端。

你甚至向暂时停顿的外部世界下手，所有你看到的、想象的或者眷恋的都被吸进来，举着遥控器的观众、漆皮沙发和陈列柜里的异国工艺品；你还没去过的几个著名的城市；你最喜欢的歌星、汽车和一座传说中的宏伟建筑；海滩和集体搁浅的鲸鱼；你吞掉了你的欲望所能包含的全部内容：整个世界。但世界太大，在你的方块喉咙里被卡住，无法通过，你最后只能再把它吐出去：呃啊。

随后，烟雾飘散。还沾有你的胃液的这颗幸存的天体重新恢复运转，并不知道自己已被你更新：从一个有你的世界变做一个没有你的世界。

其实生和死，精神和肉体的物料交换，一直就在你的眼前反复表演，却被你视而不见，它们是你双眼之间的两个相对的角，是一枚横置的沙漏，你的一生不过是穿过架设在鼻梁上的光的管道，不断在其中被吞吐的过程。

幽灵

片刻也不耽搁，一回到家我就躺下，躺在房子的一个梦里。幽灵们在这个梦的立方体中活动，像是裸露在头壳之外的幻想。他们能直接对人的心情起作用，使人不能全力以赴地忧伤。换句话说，他们把我的忧伤变高级了，给了这一文不值的忧伤某种特别的美学风格。我开始习惯幽灵了，我偷偷摸摸地、津津有味地观察他们，就像欣赏着夜晚的蕾丝花边。与其说是某种特殊的体质或超常的视力使我能够看得见他们，不如说那是因为我对色彩和光线的过度敏感：幽灵的样貌、穿着，他们身上的一切色彩都是我们的世界见不到的，但出奇的，你仍然会认为这是一种红、那是一种绿。他们的质地跟啤酒泡沫差不多，我是说，当你看到他们时，会觉得他们就是像那样冒出来的（势头迅猛地涌出来，以一个蜂巢似的集群的形式填满了每个角落），偶尔还有一两个落单的，像爆米花般地蹦起来。他们似乎是一些会随夜晚膨胀的物质，从下面那个过于狭小的空间中溢了出来。他们的消失或者说隐退，从形象上和积雪的消融大体一致，但从局部看，却是通过一系列细小的突变渐次实现的。这种重复发生的、链条般导致全面瓦解的小动作，概括起来就是：其中一个部位感到自身作为一个小小的单元在庞大的整体中是微不足道的，这种自轻的意识抹去了责任感，加之受到相邻部位的挤压，于是干脆，而且清脆地、巧妙地，一下子破掉了。那种突然性……那种紧绷感……你会情不自禁地想抿紧两片嘴唇再突地张开，给它配上"bo"或者"bia"的一声。他们有时看起来很厚，像低空的积云，但从某些角度看，又几乎完全透明，薄得只能依稀辨认出轮廓。他们的纤薄、他们的轻盈，他们那格外美观的、格外微妙的层次感，使活人羞愧，令我相信活着本身就是庸俗，是一种高不成低不就的丑态。

孩子

孩子站在门口，看上去像两个上下相切的球体，想从他的脸上驱逐表情，或者仅仅找到一个中立的表情都是不可能的。他看起来不是快活就是哀伤。告别的时候，孩子的精力被门前的阴影抽离身体，父母给他穿上衣服，他皱紧眉头，但无力抵抗，一双小手停止挥舞，他张大嘴巴打着哈欠，突然变成一个疲惫的、小小的胖老头。他裹着棉衣走进楼梯间，下楼的时候挺了挺身子，好像已下定决心，却又突然转过身，走回来。

每个动作看上去都是临时的、无法被计作有效的，不通往任何结果，但至少表明他虽然被困在犹豫之中，却从没放弃从各个方位攻击犹豫的每道界限。他在拓展自己的犹豫，犹豫不再是行动的镣铐，而是装满了行动的容器。关上门之前，他突然用夸张的方式深深地鞠躬，角度小于九十度，头埋在膝盖之间。他说：再见，叔叔。

孩子总是仰起头，对于他来说，我的脸在天上，他总是努力把手伸向高处，想感受我的高度。他是我的一颗好动的卫星。在那些安静的时刻，他陷入沉思，仿佛被自转的节奏所吸引，噘起嘴鼓着脸，好像在抽打自己里面的一只陀螺。他的大气层，他的生命物质由无数的游戏组成。玩点什么好呢？他说，不如我们来打架吧。孩子的攻击性在于他试图向我们演示一种完美的战争，一种两相情愿的、快乐的战争。抱着以弱胜强的信念，他呼啸着发动进攻，用想象中的武功锤砍对他而言庞大无匹的身躯；他抱住一条胳膊，咬紧牙关地捏着、掐着，体会着有机材质的反作用力带给他的单方面的舒适。他被叱责，被甩开，被推倒，但立刻会再次扑过去。不过，孩子之所以是孩子，之所以成为一个弱势的名词，原因在于他始终跟不上大人角色转换的速度。对于他，失败发生在战斗本身被否决的时刻，只有叔叔没有敌人，一片狼藉的沙发像一个被破坏的棋局，一种颜色的棋子全部撤离。十八般武艺全部成了无的放矢，孩子像一个被架在半空的玩偶。勇士的殊死搏斗被中途阻断，在他面前只剩下一张严厉的、裁判的脸。失落的小牛仔因为被禁止决斗而分外委屈。

哭泣时，他专注于哭泣，想赋予这哭泣一种感染力、一种尊严，大人们的笑声令他感到失望。婴儿时期以哭泣代替话语的方式沿用至今，孩子以各种理由抽泣、号啕、垂泪。他还有另外四五种哭泣的表达，但从未真正被理解，这种遗憾与悲伤远远超过哭泣本身。他先是变得异乎寻常的严肃，不只在气氛方面为哭泣做好准备，也在思考与回味之前很可能被忽略的种种不公，事态严重，只有尽可能的哀怨才配得上这种不公。他从人们面前走开，背对他们，在每个人都看得到的地方隐藏起来。他耸动着肩膀，泪眼婆娑，等待着一只大人的手落在他的身上；他半推半就地转过身体，仰起头让泪水从眼角流到嘴角，慢慢地、欣慰地睁开眼睛，期盼着关切的、理解的目光，但看到的只有嘲弄的笑容或者虚假的同情。愤怒使他开始尖叫。

孩子的小身体里，神经与神经之间无法拉开距离，每动一下都会牵动周边的部位一块跳动起来，这使他总是手舞足蹈，做出许多无目的、多余的动作。他对一切特征与他类似的事物感到由衷的喜爱。他胡乱地拍打皮球，使它的弹跳规律成为一个谜，他不希望熟练地掌握它，而是一遍又一遍地将它击出可控的范围。他把它踢到桌子上，扔到窗户上，拍到自己的脸上，他被它的顽皮逗得哈哈大笑。但有时，他也会对自己的笨拙十分不满。一个飞檐走壁的超级英雄，被家具和墙壁所困扰，没有漂亮的俯冲、鱼跃、在爆炸前的最后一秒将毁灭城市的炸弹丢进外太空，只有破坏、自我伤害、被粗心的大人随便一个转身撞得人仰马翻，一切事实都在反复强调他的弱小。他的绝技无处施展，连英雄末路的悲壮也无法得到承认。他苦练遗忘、精通遗忘，遗忘是唯一的救星。

关于孩子，最大的、最普遍的误解是：我们溺爱他们，骄纵他们，他们全都是一些不懂得自我约束的小恶棍。其实正好相反，是孩子惯坏了身边的大人。为了被纠正，他们才不断地犯错误，每个孩子都是一部关于错误的百科全书，当然，他同时也是一部关于原谅的百科全书。大人总是正确的，我们通过原谅孩子神话自己，没有任何自信比得上在孩子面前的自信。当我抚摸着他的小脑袋，和颜悦色地告诉他，没关系，没关系。这种时候，我是在扮演上帝。

孩子总喜欢一跃而起，用手跟脚箍住大人的身体——像一条寄生的虫子——然后以宿主步行的速度开始飞行。与其说孩子需要大人的怀抱，不如说他需要以这种方式失去自我，他想变成大人身上的一个背包、一条项链。他的生活和他的秘密大多悬在半空。坐在沙发上，他的脚碰不到地板，站在地上，手又摸不到柜子里的玩具，他用伸和够的动作拉长自己。大人的身高是头顶到脚底的距离，孩子的则是指尖到脚尖的距离。多数时候，他是一个矢量，有时是一个向上的箭头，有时是一个向下的箭头。个别情况下，他收缩起来，安静地团坐在地板上、床上、椅子里，垂下脑袋，目光投向那些沉淀在低处的神秘片段。这时的他，脚不伸往过去，手不够向未来，不是大人，也不是更小的小孩。他的每一个表情都满满地平铺在当下，不保留也不丢失，坦诚却难以捉摸。一个无形无影又无所不在的佛龛当中，一尊笑眯眯的小肉佛。

2012 年 12 月

猴的越狱：一则镜子寓言

所有的动物在出生之前，都要先在天上被制作出来。在层层叠叠的、鹅毛被一般的白云垫子上，坐落着送子鹳的毛绒玩具作坊。这些鸟类中的工作狂用剪刀般的长嘴将云絮裁下来，揉成各种袖珍的小动物的形象，再投进那些万事俱备、虚位以待的子宫当中。只有猴子是个例外，它们起先都降生在镜子里，是一种以光影制成的动物，它们的好动多少与这种闪烁不定的来历有关。

有关镜子的内部结构，英国作家刘易斯·卡罗尔曾有过一番探究，结论是镜子由一个看上去与镜前的外部世界相似，但其实左右倒置的入口，一个会说话的花园，一片森林和一座宫殿构成。但作为一个被镜子拒之门外的人，作为一个溜冰者——一个只能在镜面上滑动的人，他的形象甚至不能给镜子留下痕迹，不能进入镜子的记忆，所以他的无知和信口开河也都不足为奇了，不难原谅，甚至应该予以同情。

不，镜子的内部空间宽广辽阔，但绝不会给人提供什么鲜花、喷泉、林间小屋之类的玩意儿，那里面没有娱乐场所，不会满足任何人的闲情逸致。事实上，镜子只会给予人享乐的反面——那位严肃的数学家和不太严肃的小说家卡罗尔先生本该从一位伟大的古代诗人那里搜掘他的研究材料才对：但丁·阿利吉耶里的地狱就是一面相当著名也相当典型的镜子。

那些雄伟的、史诗级的镜子都类似，有着迷宫般的构造，由若干层空旷的圆形大殿叠加而成，其中布满各种风格的门厅、回音廊和格子般的密室，里面摆置着用途不为人知的神秘设备。那些最简单的镜子——我们也叫它们湖泊或沼泽——也都是大同小异，里面被梭子形的动物、头发般阴柔的植物、幽灵和影子所充满。

只要条件适宜、方法得当，每个人都能进入镜子，这并不算是什么了不起的创举，只需要对着倒影的锁孔，把肉身的钥匙插进去就好，而除了极少数被诅咒的人，大家的身体几乎都跟他自己的映像正好匹配：将头、脚，或者肘尖探向镜子里的同一部位，一旦两相接触，一切就会非常简单地、顺溜地，甚或是身不由己地进行下去。两个一模一样的形象粘连在一处，会难以自持地穿过镜面向对方渗透，与对方融为一体。人会感到自己渐渐消融，变成了一摊水，整个化进镜子里。这个过程始终是轻柔的，让人有些昏昏欲睡，直到临界点将要被突破的瞬间，镜子才终于觉察到了，用力向外一推，但已经无济于事了，人的整个身体都挤进来了。

这个丽达与天鹅式的事件，有一种软绵绵的舒适感，就像一个人纵身投进了一朵乌云般的睡眠之中。但并非所有镜子都对所有人敞开，有些镜子永远都是门户紧闭的，另外一些会挑选它放行的对象。被镜子拒绝的时候，一个人面对的难题就如同要在数九寒冬跳进被坚冰封锁的湖面。

说到这里，也许提出这样一个问题并非完全没有必要：镜子两边的人大概都有充足的理由认为自己在镜子以外，那么该如何裁定究竟哪一边的世界才在镜子以内呢？或许，因为镜子本身的特性，这个问题也只能是一个“相对”的问题，但许多情况下，它会以无比重大、无比神圣的方式被提出——有人认为天堂和地狱之间便隔着一面镜子，一个转身，便从逻辑的死角逃入宗教的空地之中，把这个难题的答案抛给了最后的审判。在此，必须提前声明，只是为了便于叙述，我才姑且将我们生活的这个世界称为“镜子以外”的，而将那些纷繁的、难以一概论之的彼岸世界称为“镜子以内”的。

猴子们一出生就在一面镜子里了，那是一个巨大的岩洞，一个石头世界。起初猴子们觉得很宽敞、很惬意，这空间甚至能给它们一种所谓“自由自在”的无边界感。它们为能够奔跑、跳跃、翻筋斗而感到幸福，而那些早慧的、忧郁的，将要被称为哲人或诗人的猴子顺从于直觉或多疑的天性，总是不自觉地独坐在镜子前发呆。

岩洞的形状酷似一只张开翅膀的鸡雏，鸡尾处像一个装填弹药的弹匣，所有新生的猴子都会在末端的突起部位降生，除了无知以外，没有任何武装，像鸟一样叽喳着跳向未知的前途。很快，它们将发现自己面临的是一个三岔路口，左右两翼分别是饭堂与茅厕，中间橄榄形的主体部分是一间敞阔的大厅。饭堂只供应水果和美酒，猴子们不食人间烟火，仿若一群聒噪打闹的仙人，聚餐像一场奢侈的游戏，过剩的喜悦令它们成为食物的灾难，像飓风，像地震，像一切为破坏而生的东西。与进食相比，它们在出恭时的气氛是极为凝重的，从臀下流过的那条阴暗的河流，是一个沉重的意象，令它们悲哀地联想到自己谜一般的身世，产生诸如“从何处来，到何处去”的感慨。与它的位置和体量相称，中央大厅是猴子们生活的中心，它们在这里睡去在这里醒来，在两者之间则是一场又一场花样百出的表演。猴子都是天生的演员，擅于杂耍、戏法、哑剧、摇滚乐和各种不成体统的滑稽节目，它们是荒腔走板和插科打诨的宗师，它们所做的一切，都只是无逻辑和反常识的胡闹。

它们总是尽可能活得像一场梦。

非要说猴子们如何欣赏自己的演出，那倒未必，很可能它们反而对此深感厌倦。但它们必须表演，生而为猴，表演是根本的存在方式。猴子们极为短暂的、没正形的一生始终笼罩在一阵迷雾般的茫然之中，只有它们的阿赖耶识可以些微地捕捉到一些蛛丝马迹，像一道微光投向某个不可见的本质。

作为局外人，我们知道，那里竖立着一面镜子，那样高大、明亮，悬挂在大厅的中央。这个缺席的神祇决定着所有猴子的生命，它完整地映照出它们每一个，但也许正因为它太过显眼，猴子们反而看不见它，它们只是茫然而不知所以地朝向它。那镜子像是一道巨灵的目光，也许正是观看本身：一个本质的、抽象的、无所不在的观众。猴子们看不见这面镜子，因而无法观照自我，并被镜中的自我所观照。后果是，它们无法形象化所有的表演，无法预判，也无法修正一切行止。正因如此，猴子们不得不始终幼稚下去，永远无法成年。

有关这面看不见的镜子，向来都不缺少有趣的讨论。科学家们根据光学仪器的读数和缜密复杂的数学推导，测算出镜子的轮廓，那是一种不规则的几何形状，大致上近似于一滴水在落地的瞬间爆开时的样子。哲学家则将镜子称为绝对，相对者通过变化感知存在，总是妄图通过变化的容器——时间与空间——来围限存在，他们所知觉到的终究不过是一些变化的痕迹，而且总是已经滞后了的，但是镜子，这绝对者并不占用时间和空间，只以绝对的澄明映照无限与永恒。他们用一种难以理解的，但却是斩钉截铁的方式总结道：我们已经具有一分为二与合二为一的智慧，但镜子却是三。

诗人们针对这面看不见的镜子创作出数以万计的比喻，这当中最为脍炙人口的不外乎以下四种：第一种将镜子比喻为看见一切形象的鱼眼；第二种将镜子比喻为释放一切光辉的鱼鳞；第三种将镜子比喻为吞食一切存在的鱼嘴；第四种将镜子比喻为空空荡荡的，排除存在并被存在排除的鱼鳃。这些诗人，他们不过抓住了镜子的几个特征：它观万有，并为万有所观，它永远是满的，它又永远是空的——至于那条鱼，它简直是一个不可能设想的生物，我们只能对其避而不谈。另有一项最新的研究报告声称，镜子具有波粒二象性，但很少有人明白，也很少有人想弄明白。

真正具有革命性的见解是在一种悲观主义论调的基础上产生的，这种论调认为镜子悬挂在“我们居住的监狱之外”，因此“我们只能由那些相反的事物而得知它的存在”，例如“我们已知有寒与暑，有喜与悲，因而了解在这些相反事物之间必有镜子”，但要继续深究下去，则是既无可能也无必要，更何况“贸然地跳进相对性之间那道巨大的裂谷，简直等于自戕”，所谓终极意义，只能是一种可怕的“毁灭性的嘲讽”。一些智者注意到在这种消极意见的错谬之处，恰恰蕴含着极大的启发性，悲观主义者们只留意到镜子是相对性的制造者，却忘记了它同时也是相似性的源头，而这不断游移变化的“相似”，在“相对”之间建立了一条渐变的通道，使得完全相反的事物也能够绵延相连。那些智者据此提出，镜子的位置就在那些折中之处，被相当一部分猴子奉为圭臬的中庸之道即由此而来。

无论如何，一些猴子开始蹲守在石头大厅的中央，面对着眼前的一团混沌。而长久地注视永恒不变的天空，自能阅尽云卷云舒万千气象：绝对者是相对者的背景，从相对中自能窥见作为前提的绝对。渐渐地，它们觉得面前有一个太极图一样的图案飞速旋转着，从中分离出一切相反相成之物，分别甩向岩洞的两边，它们发现了镜子的极端样态：创造的风眼，一切事物的一切既矛盾又和谐的属性都在这里发生——并非无法说服它们相信这些都是幻觉，只是其余那些醉生梦死的生命似乎更加不真实。

镜子外的世界，或者说宇宙，当时是一个叫作花果山的地方。那座山究竟有多大，我知道得并不确切，只能以这种方式予以说明：花果山的山尖上，有一道小坡；在小坡的最上边，有一片桃林；在桃林的最中间，有一棵桃树；在桃树的枝头上，有一颗桃子；在桃核里，住着个小孩，小孩很爱哭，哭了一回，哭出个东海，哭了两回，哭出个西海，哭了三回，哭出个南海，哭了四回，哭出个北海，小孩终于笑了，一群鲸鱼搁浅在他的眼角。

这山里的猴子和镜子里的猴子数量相等，也做些同样的事情，也感到同一种迷茫。它们也接受了启蒙的精神洗礼，张开了一双过去还未使用过的全新的眼睛，开始看到一些曾经被它们视而不见的东西。在花果山的半山腰上，它们发现了一个肚脐一般的山洞，认出了挡在洞口的镜子。那是一面自上而下急速流动的镜子，像一个卷轴一样垂挂在山壁上。那一天，猴子们在镜子前痛哭流涕，就像那两个偷吃果子的人一样难过。如今，它们可以清清楚楚地看到每一面镜子，在真假之间、在善恶之间、在美丑之间、在对错之间、在虚实之间，昭示了，同时又阻挡了它们的去路。

正当里面的猴子和外面的猴子隔着镜子互相对视的时候，一种独一无二的地质现象在花果山悄然发生：石头怀孕了——这十分罕见，一般而言，石头只会做梦。只有地狱的烈火，加上一种不可思议的情欲，才能使这一惰性极强的物质珠胎暗结。经过了那段近乎永恒的，据说时长恰好等于“镜子眨眼”的孕期之后，那只最著名的猴子，穿越镜子的英雄降生了，一道闪电为它切断了脐带，火红的岩浆——它的羊水——泼溅了一地。从石缝中蹦出来的石猴，甫一落地就开始迅速成长，手脚伸长，肩膀托着脑袋上升，毛皮刚刚重新合拢就被再次撑破，乍一看去，仿佛它从天边走来，越走越近。很快，它从一只哺乳期的幼猴成长为意气风发的青年石猴，蹦蹦跳跳，打着筋斗奔向那个命中注定的时刻。

猴子们在镜前定下了拜穿过镜子者为王的赌约，但其实那根本是件轻而易举的事情。只需站在镜子前，探出一只手，轻轻地按在镜子上，毫无疑问，与此同时，在镜子的另外一边一定也有一只猴子以同样的动作将手放在镜子上，一个奇妙的过程就此启动，它们像两把茶壶嘴对嘴地互相倾倒着，这是两只猴子之间的对流，它们一边流失，一边又被另一只猴子灌满。不用多久，里面的猴子就到了外面，外面的那只却在里面了。在那个时候，已有不止一只猴子实现了这种穿越，但由于它们感觉自己并不属于这里，往往缺乏安全感，不得不守口如瓶，其他猴子也就只好蒙在鼓里。

石猴来到争执不休的猴群中间，出于只有初生之犊才有的勇气和决心，二话不说，脚尖一顿地，身子高高跃起，不假思索地向着镜子飞撞而去。霎时间鸦雀无声，所有的眼睛都转向镜子的方向注视着，这时猴子们才真正意识到镜子那超乎想象的巨大与遥远——石猴像一颗投进井里的石子，飞得越远变得越小，直到变成一个芝麻大的黑点的时候，才终于撞到了镜面。作为那唯一之物，作为没有相反也没有相似的无所对偶之物，作为另一个绝对，石猴实打实地摔在了镜子上。所有猴子都听见了镜子破碎的声音，原本一整块浑然的、光滑的镜面粉碎成为一片片，一点点的断断续续的珠帘，再也遮挡不住背后的洞口。有那么一个瞬间，猴子们都看到了另一个自己正一脸震惊地与之对视，但这难得的会面很快就结束了。它们陷入了永久的迷惘之中，而这迷惘却出自一种无比确切的认识：它们不再是自己了，哪一个都不是。

之后的故事没有人会感到陌生。猴子们获得的只是表面上的自由，那面不存在的镜子依然奴役着它们。为了它，它们打捞月亮；为了它，它们假扮成对面那个丢石子的人的镜像。当尾巴变短、消失，当它们褪去了身上的大部分毛发的时候，依旧不能避免那一生中必有一次的穿越：穿过自己的瞳孔，钻进那仿若针眼的死亡。

它们由于意料之中或之外的事故，得以穿过这最后的镜子，或平躺着沉入其中，或翻滚着栽入其中，或舞蹈着跳入其中，或飞翔着撞入其中，对称法则仍然有效：在这一边灵魂堕落，在那一边肉体腐朽。

2015 年 12 月

关于小说《平行与交叉之圆》

小说《平行与交叉之圆》的基本构思源自古代神秘传统中那个谜一般的形象：名为 Ouroboros 的吞尾蛇。这种生物的奇特行为令人联想到阅读：打开书本时，蛇咬住尾巴，合上书本时，它已将自己整个吞掉，只留下环状的虚空。

出于一种均衡的，也许过于理想化的考虑，阴性活动和阳性活动在这部作品中被尽可能予以平等的对待。正因如此，小说以男女为名分为两部，两部完全平行，并无上下之分。男部突出冒险，女部偏重爱情。或者说，男部讲述了一位男性主角点缀着爱情的冒险历程；女部则讲述了一位女性主角掺入了冒险的爱情故事。男部采用阳性符号标示章节——汉字，女部则采用阴性的数字编码。男部九十九章，女部 99 节。不仅章节数相同，两个版本的段落、字句数也全部一致。

小说庞杂无比的叙事结构，只有以极大的耐心通过一种针织式的阅读才可能窥其堂奥。即，将两部内容交替穿插，读一段男部，又读一段女部，再读一段男部……如此反复。交替的频率和粒度可缩放，可以读一个字或几个字的男部再读一个字或几个字的女部；也可以一个段落、一个章节的交叉；另外还可以随心所欲地自创花式读法，例如读一字男部读十字女部，再读十字男部和一字女部，只要保证整体的对称性即可。

每一种读法，读到的都将是不同的故事，唯一的共同点是均以人物的生死形成圆环结构。主人公在开头出生在结尾死去，而在死亡的同时会有新生命的降生。一切故事，一切生命的循环都是平行的，但又彼此交织，一个故事的主人公在另一个故事中成为次要角色，甚至只是路人。这种编织与拆解，仿若游戏的写作方式主要基于这一观点：时间的真实形象是缠绕难解，并且雌雄同体的多股圆环。

如果将单独阅读男部或女部作为交叉阅读中粒度最大的极端形式，则会读到如下故事：

男部：为了解答他的终极问题——生命的演化将在何处停止，哪一种生命形态将是进化的终点——一位生物学家离开自己的出生地开始追寻。他的九十九章足迹遍及赤道与两极、亚马孙河流域、西非、印度以及中国西南部的边远山区。这期间，他与危险的食人部落周旋，从雪崩和风暴中逃生，解除了黑巫师的诅咒，还遭遇了两种只在图腾和传说中留有记录的神秘生物。一个女性形象始终与他同行。旅程开始前她已死去，但随后却复活，以一个老妇人的形象——文中暗示其酷似男主人公从未见过的母亲——陪伴他、照料他，给他明智的建议。她活在另一种生命秩序里，时间的推移未能使她再度衰老，反令她愈发年轻。到了故事中段，她已与他年纪相仿，与他相爱，并怀上了他的骨肉。在冒险结束时，冒险家染病死去，她却变为青春貌美的少女。孕期恰在此时完满，他将经由她的子宫获得新生。

女部：一个印第安部落酋长的女儿领受了父亲的临终嘱托，依循得自预言的路线——与男部的冒险路线处处雷同，但方向却截然相反——去寻找她命中注定的爱情。在她的99节旅程中，父亲的鬼魂始终伴随她，向她揭示了男性生命的各个阶段特有的痛苦与困惑，这些隐秘的里程碑以镜像的方式助推了女主人公的成长。故事中特别指出，幽灵的质地与记忆全然一致，父亲之魂亦可理解为女儿记忆中的父亲，因而父亲的记忆便成了鬼魂的鬼魂，即鬼魂的乘方。正是在这种谜之运算的作用之下，父亲的形象逐渐变得年轻。依据他的指点，在旅程中，女儿分别与一位老人、一名中年人和一个年轻人相爱，并在回到部落之后与同族的少年情人结合。在故事的尾声，已自我回溯至胚胎状态的父亲，即将自她的腹中诞生。

理想的交叉法应从粗线条渐次向细密过渡，这样便可得出故事与故事间无穷变化的唯一规律：随着粒度变小，故事将具有越来越低的视角，角色将具有更大的普遍性，如同飞机降落时蝼蚁般的人群被放大并变得生动。两个原本与现实相距甚远的幻想故事，随着交叉的线条增多、变细，想象力和戏剧性逐渐落地，人物也渐趋平凡，以至于最后逐字交叉时，读者往往会读到自己：一个被枯燥的现实锁住，对冒险和爱情失去渴望的求生者。

这部雌雄同体的，自我交媾、自我繁衍的小说，其最大的成就可能在于，它恰好阐述了地球上曾经存在过的所有人的生和死，而读完它的时间将恰好等于人类全部的历史。

2012 年 11 月

恍惚练习

献给皇家马德里足球队

“如今我认为，也许是他并非总是存在，或是当时他根本尚未存在。”

——布朗肖《最后的人》

“凡降生于世者，都趋向于死亡。”

——皮埃尔·阿多《伊西斯的面纱》中引赫拉克利特箴言

“鱼缸现场直播一条鱼……”

——黎幺《另一篇小说被遗忘在鱼缸里》

1

他早已不在那里。

一只没有重量的手推开那只蝴蝶——那扇飘浮在空气中的绸布花边小门，帮助他逃逸了。

2

比赛开始前，球场是一面空置的棋盘。球迷们正处于激情的空白期和预备期。他们像一些情绪化的巨人，着迷于高高在上地赏玩脚边的一块会动的地毯。

贝尔和他的队友被一只手摆在人工草场上，带着“撒豆成兵”之兵的茫然，其中包括同样大名鼎鼎的 C 和另一个 B。在进场的一瞬间，一种为数万人强行开辟的外部视角，像一道闪电在他们头顶拍了一记，他们立刻察觉到自己骤然缩成了一个点，变作一种平面物，被草海淹没。

一个表演，这意味着球员们被献祭给纯粹观看：旁观者的眼睛太过喧宾夺主，成了一种重负，他们不仅仅要给那些角度各异、彼此交叠、错综复杂的视野留下自己的全息剪影，仿佛他们的种子，一些微小的他们也通过这种观看，被裹挟于晶状体当中，在世上四处散播。

幕落时分，当他们撤回现实之中，所有大大小小真身与分身，都将像爆出豆荚的扁豆，从那些眼球中喷涌而出，落地生根。

裁判的脸上带着欺骗性的微笑，像一个阴险的庄家。某种程度上，他确实是。他掌握着什么其他人还不清楚的东西，某种像是剧情一样的东西。但不准确，这里没有戏剧。他是一个尴尬的隐身人，是皇帝的新装一样的存在。他是杂质，是多余，是笨手笨脚的搅局者，他的可疑保证了竞技的悬疑。

尚未展开的情节都蜷缩在他的掌心，他站在开端处一甩手，将线团抖向远方——结局的所在地。

二十二个人像二十二只猎犬，随着哨响向一只球状的山鸡猛扑过去。

二十二个人，但绝非二十二个在场。这取决于摄像设备，取决于观众的目光，取决于球的移动——他们被球抛远、抹掉，又重新挤回球的“存在射线”的辐射范围内。这取决于汗水，他们一直处于被汗水洇出来和被汗水清洗掉之间。

他们不稳定，他们以“闪现”的方式存在，他们快速出没于存在中。他们，是那种活跃到放进一张照片里也会嘶啦一声突地跳出框外的人，正如一条学会了穿墙术的鱼对一只鱼缸所做的。

这群全副武装的鞑靼人后裔，在柔软的刀尖方阵里厮杀，在患有绿色肥胖症的土地上角逐，但马匹从他们的胯下被抽掉了。他们骑乘着自己，荒谬而不由自主地鞭打自己。他们是一阵蜂拥而至的疏离感，他们追赶着，但除了自己的影子，仿佛什么也没有追赶。

一些人狂奔、一些人慢跑、一些人散步，加速、减速，像洋流中的鱼群追逐神秘的讯息，像果肉包裹果核，围绕皮球，一次次地形成旋涡。

在一块蛋糕般的矩形区域内——一种球场热力学的作

用区域，每一个人都反反复复地表演着各自的流放与归来。

3

两种颜色的球衣原本分布在各自的半区，仿佛两个甲虫形状的星座在一片绿色天空的两边飘移，B和C是白色甲虫的两根晃动的触角，贝尔却是一根刺，一个增生物，对于敌我双方都有可能是致命的。

两个队列扩展、推进，迅速完成了向对方区域的渗透，两只杀气腾腾的甲虫突然变得莫名的亲密，它们企图全然地进入对方，似乎急于成为对方。它们头脚相对，以大卫星的形状交叠在一起。

场上的每一名球员都具有破与立的双重机能，从上方俯视，他们是二十二个点，每一个身体上都系着十根看不见的线，握有与同色系的十个方向取得十种联系的十种可能，而与此同时，他们的双腿都是开过刃的，从侧面看，就像是二十二把破坏欲极强的剪刀，在奔跑中随时剪断脚边的一切成立或尚未成立的线索。球赛仿佛在佩涅罗珀的织机上进行，她使用两种颜色的线不厌其烦地自编自拆。

在织与剪对抗的张力之外，贝尔独自在网中穿梭，显得既锐利又一意孤行，像一根没有纫过线的针，甚至有可能，他根本没有留出一个可以供线穿过的针孔，他拒绝接受轻飘飘的尾巴，拒绝成为一颗大汗淋漓的彗星。

角落里的人被不明物击中，他痛苦地倒地，如同受到星球的撞击。正在事发现场的贝尔再一次感到茫然，巨大的茫然，天体的茫然。他用手试探性地拍了拍在地上打滚的人——他是如此奇特，既奄奄一息又暴跳如雷——但并非以一个医生探问病人的方式，而像是一个孩子用小木棍戳探四脚朝天的金龟子或独角仙。

人们围向他，一些人指责他。他却突然消失，踪影全无。他们对一团肌肉堆成的空白发火，对一个只有轮廓的洞——一个跌落其中的人的轮廓——喋喋不休。贝尔被极端地无视了，他们无视他的失踪，无视他以自我汽化和自我抹除的手法提出的被无视的新要求。

这是一个特写：一颗湿漉漉的头颅缓慢地左右转动，脖子像肉色气球一样拧出鱼鳍状的褶子。被咆哮撕扯的嘴巴像一个漏风的破口袋，口型的变换跟不上语言流泻的速度，被无端拉长的词语的弦已经断了，在暴起的青筋里流淌的尽是失效的墨水，没有任何声音，没有任何笔画。

某只眼睛，某只你通过它而看的眼睛眨了一下，正是通过这一眨你才意识到它的存在，仿佛鱼缸里的一道方方正正的、平铺的闪电，伴着被省略的一记咔嚓声，让一切各归其位。

球员们像重新上膛的子弹，再次以训练有素的形象填充在阵列当中。

皮球重又进入缺乏剧情的、平面几何的运转之中。同义反复的，仅用于时间堆积的动作和轨迹，令人厌倦。B和C在场上焦躁地来回踱步，自己给自己鼓劲，自己给自己泄气，自己拎着自己的衣领，将自己提起又放下。长期从事一个在碗中的职业，球员们全都养成了一种盆地习性，一种底部意识。他们精于酝酿，擅长沉潜在目光以下。激烈的对抗、徒劳的奔跑和多此一举的犯规，其实都在执行以不为人知的手法达成的休战协议。贝尔的莽撞破坏了一段约定俗成的、挥汗如雨的闲暇时光。

4

这个贝尔好像刚刚被画出一半——这一半只够维持一个永恒的侧面，就匆忙地从某个像是墙角一样的、莫名其妙的地方闪了出来，他不顾一切地奔跑，毫无疑问的，披着一身的锋芒。仿佛空间拒绝收容他，他必须迎面劈开它。每一个他所进入的位置都会迫不及待地拒斥他，立刻将他遣送至下一格，以至于没人看到他，人们只能看到贝尔的痕迹。哦，这有一个贝尔，那有一个贝尔。贝尔在球场中央的一条弹道中冲刺，背后拖着一股青烟，肩上扛着一位敏斯豪森男爵。他的临时变调，令那些被一种平稳的节奏催眠的球员猝不及防，他们跌跌撞撞地转过身，加速追赶他，其中一些几乎是连滚带爬，有那么一点儿丢脸。

这是另一个特写：一个男人在一块草地上缓缓滑行，他怒目圆睁，双手捏着两把被生生扯掉的青草，从仓皇的神情看，仿佛自认为滑得太快了。但随即，那种玉石俱焚的悲壮感从他的脸上消退了。贝尔同样以太极般的动作徐徐跃起，在棉花似的天空中踩了两脚，从男人的双腿之上跳了过去。

贝尔在继续。在他的前面还剩下三个人。他令他们感到一种优势数目的孤苦无依。两名后卫半侧着身体疾速后退，他们没有向贝尔逼近，而是逐渐靠向彼此，仿佛感到扑面而来的寒冷，凭着本能想要索取对方的体温。此时的贝尔在四十米突击的磨砺下，已完全成为一件冷兵器。为了迎合这一转变，他果断放弃了身躯厚度，示人以一种刚劲的消瘦。

他的余波，几乎将那只作为因由出现，却早已被人们忽略的皮球激进球门，但贝尔，他到底还是又一次消失了。在那里面，在一个戴着发箍的高大男人的轮廓里，空空荡荡。只余下一条被遗弃的腿还悬挂在空中，做出一个力拔千钧的下压姿态。和它在一起挂着的，还有那个神秘的时刻，悬挂在所有其他时刻当中。

世异时移，那条腿和那个时刻还会保留在那里。即使当伯纳乌球场被废弃——青草一茬接一茬，像火焰一样生起，然后和野花一并枯萎，腐烂成鲜艳的泥；球迷座席历经几轮热胀冷缩，有的四分五裂，有的被蒲公英和菟丝子的种子顶得东倒西歪。即使这座从俯视角度看酷似雌性生殖器的球场被地壳一口吞掉，碾个粉碎，它们仍然还在，被纪念性地张贴在那里。同样的经纬度，同样的海拔高度，像一个隐退的军事威胁——他自行消失了，谁也无法拆除他。

整个下午，伯纳乌像一个盘子被一只巨掌捧着颠来倒去，球员们不由自主地做着无效的折返跑，仿佛草下隐藏着一个变幻莫测的坡度。粗野的西班牙语一浪高过一浪，贝尔的名字在浪尖上起起落落。威尔士小子贝尔与其说被溶解了，不如说被俚语的液态手术刀切除了。他一次性地、器质性地、非过程性地消弭于无形。

马德里的黄昏兵临城下，却被强行锁闭在灯光球场以外，方舟里的人焦急地俯视下方一大片倒置的雨云——球员们仿佛正在融化，从下往上，带有体臭的雨点在整座球场中飘舞——他们直着嗓子唱着歌，只勉强保持着形式上的激昂。在氤氲的水汽中，人们变得多愁善感、脆弱易怒。人们想家。之所以仍然能够如此摇旗呐喊，多半由于一种漂流感、一种集体感，他们认为伯纳乌早已与世界隔离，球场出口直接通往无垠的太空。

他们的存在依赖于集体的接纳，即他们的集体存在，依赖于取消自身作为个体的存在。

在眼下这个环境里，无任何辩证可言，一切就像末日一样绝对。

C 和 B 的尴尬在于，他们始终是一个 3 减 1 的组合，他们之间的联系并非简单的两点一线，而是不得不与一个幽灵构成一个不确定的顶角。他们在球门前的游弋，在多数情况下，像一种赌气式的挑衅。他们携带着行动的空缺，携带着一个名叫贝尔的洞窟等待着，等待一次决定性的填充：结果的填充。

在一场球赛被熄灭的时刻，所有可能性一齐无保留地喷发，能予人几秒钟可称之为戏剧的东西。而贝尔进入不了故事，他只能成为诗的结局，即那种没有结局之物的结局。像一个在缺失了句号键的键盘上敲出的句号——临时填补空缺的是一个从钢琴上拆下来的异质物，一个同名的外姓人。贝尔，一个骨骼清奇的音符踢着阿迪达斯生产的充气句号前进，在瓶子里的有限时空中奔跑，奔向可见的、被预设的尽头，在瓶子的边框之外，他将直接跳进一套阿玛尼西服、一辆法拉利跑车和一个女人的怀抱，像那个与其同构并对称的运动员的影子，隐没在无垠的、私人生活的暗喻之中。

然而，在瓶子的内部没有象征。

这是第三个特写：一只脚缓缓地、近乎亲昵地向球靠近。在这样的动作中不可能含有任何强制性，然而，球旋转着腾空而起，像是被脚的一阵耳语给打动了，接受了一个至为危险的托付，如同一颗飞行的心脏，以一种既定的，但同时又是狡猾的线路绕过伸向它的一只大手——手的主人横在空中，像一张满弦的弓，逼近张力的极限，却又不失优美地舒展身体，头颈扭成了一个不可思议的角度，眼神充满困惑，仿佛亲眼看到了自己的背影。

一个球在进球的刹那成为自己的主体，一个人作为一个已经生效，因而过期的动因，在比赛的最后一刻被结果取消。

贝尔进球了，比赛结束了。一切单纯地发生着，一个动作否定之前所有的动作。

人们看到他在忘情的奔跑中被风擦掉了。他在存在与不存在的夹缝中，已经消逝，并且尚未现身，像一个从笔尖跌落，但却无法在纸上迫降的字。只剩下一阵无主的狂喜——那种被完全释放的，可供所有人分享的喜悦之情。

那位赋予了比赛开始，使一切成立，随后却被遗忘的裁判先生，仿佛一个自动开关，再一次出现，以同样的方式赋予比赛完结。

多数人开始离场，一层层地撤出观众席，向出口涌去。从中我们可以看到某样事物的瓦解，一个依赖情绪来维系的人类团体，或是一个更加庞大和坚固的东西。仿佛不是来这里看球的人们，而是伯纳乌球场自身散开了，像一团勉力维持形状的烟雾，由于疲倦而不可挽回地松懈下来。一片足够让整个世界长睡不醒的催眠之雾，一个会传染的宇宙大哈欠，让十万块砖颓然退出各自的阵地，软弱、消沉，像十万个过期面包飘浮在马德里的夜色中。

没有人注意到真正的结局，结局之后的结局——一盘棋的结局并不发生在决出胜负的时刻，而是在那个所有棋子被无差别地撤下的时刻。球员们逐个消失，像黎明时分的一盏盏街灯。人们知道 C 消失了，B 消失了，J 消失了，M 消失了，他们每一个消失时都像一杆打光了子弹的枪，但没人能具体追踪他们。他们的被定格的、历史性的离去，使得他们从任何角度看，都是一个背影。

散落在绿野间的群星返回天空。没有人继续阅读这篇用二十二支笔写成的过时故事，长脚的字从纸上走掉，带着脱离语境后的自我困惑。

伯纳乌，这一失去了棋盘属性的地区从此迎来了一个漫长的极夜，就像一个巨大的眼睑，以一种与其体魄相称的速度慢慢合拢。

5

凡被观看的，必从眼前消失。

6

赛后的新闻发布会现场，贝尔和与他一同出席发布会的 C 相邻，蜷缩在一件厚外套里，像一个病人，仿佛目前的病态就是整整一个半小时在人造绿地上身着夏装，佯装好天气的后果。

是啊，在远方的我们看来，这多像一个暖春的下午，一次郊外的闲游。

满头白发、爱嚼口香糖的胖教练就像是一颗穿着西装的足球，他通过给人这一想象来弥合球场与外部现实之间的裂缝：无论场内场外，唯有他的形象是恒久不变的。从球场出口到新闻大厅，他由太古代走到新生代，由侏罗纪走到白垩纪，庞大的身躯不断被缩小，直至最后—— 一个洋洋自得的肥佬上帝，坐在与他等大的棋子身边，仿佛第一次近距离欣赏自己的杰作。

一群叫作记者的乌鸦哄抢着从贝尔嘴里掉出的肉。这是一个被椅子拗弯的贝尔，一个停止奔跑的贝尔，尽管他的身体前倾，仍潦草地摆出一副准备起跑的架势，但谁都知道，此时的他已被驯化，像一匹上了英文嚼子的马，匍匐在官方语言的室内环境中。他的脑袋是一台以涟漪作为动力的机器，他的舌头直接将语音书写在空气中，像那种装备了这类墨水的笔：将之滴在纸上，字就会自己长出来。

在一个小型国际社会中，不同语种按各自比例切割室内空气，并将之递送到使用者的嘴边。连绵的英语仿佛无法中断，以一种湍急的流速冲刷他的牙齿、涤荡他的胸腔，在围绕着他的磕磕绊绊的西班牙语木桩之间奔流穿梭。

“我们，是一群有身体——仅仅是一个主观身体，一个工具性身体，换言之，一个无法触碰的身体，一个没有他者的身体——的鬼魂。在我们的身上有一种幽灵的英雄主义：我们的影子，在各自站立的寸土之地托举着黑夜……

我说这些，并不是要你们对我们肃然起敬，而是想叫你们理解，我们的动与静需要在一种什么样的尺度下才能够讨论。换句话讲，你们问我去了哪里，我还想问问你们在哪里呢……

“我们都是一些行动的碎片，装在一个晨昏晦暝、闪烁不休的盒子里。我们的线性生命赖以成立的次序感，被一套隐性的编号规则——对啊，我们称之为时间，赫拉克利特的河流是一块由悖论织就的细纹桌布，塞满了重复、矛盾、分岔、转折和错位，我们的时间只是其中一道纤维——所规定。但我们的现场直播是一个骗局，我们的现在总是被推迟，我们总是在事情已经发生之后才能就位。我们被自己落在身后，我们不能与自己重合……这可能有点乱，我看我有必要给你们讲一个故事……

“和其他许多职业球员相似，我的少年时代多数是在训练营中度过的。但今天不说球场，只说海。在十几岁的年纪，我的一位室友告诉我，他发现这个世界上的大海都是由他所创造的。

“‘因为我从没见过海，太平洋、大西洋、印度洋，死海、红海、爱琴海……我睁眼时它们涨潮，我闭眼时它们退潮。蓝色的眼眸，银色的睫毛。我们出生，背负了这样一个任务：创造自己从未见过的东西。盲人拥有最大的创造权，一切从黑暗中产生。’

“而我早已见过海，它们因此便与我无关了。对于我，海是那种有着蓝色肌肉的巨大翅膀，层层叠叠的白色羽毛迎风招展，我曾沉溺其中与它一起挥动。海将飞离，当我死去。我敢这样讲，因为我看不到我的死，所以我将这鬼斧神工托付给它。想想看吧，这种‘可见’和‘不可见’的神技就这么编织了一大块叫作宇宙的东西。想想看吧，另一些人制造了我们，设计和装配了我们。他们写下我们，假想我们，或者梦见我们。他们在另外的盒子里，与我们永远隔开。我们也许对此并不知情，但都秘密地向往着某一天，可以在不同的盒子之间蹿来跳去，就像一个晋代的渔人或一个19世纪的英国女孩。

“……行，行。对……看来你们并不打算罢休。好吧，好吧。让我来正面回答你们的问题。

“在比赛中，我看到了那只中国的蝴蝶，一共三次——我觉得所有的蝴蝶都应该出自一种东方人的手艺……那是一种刺绣动物，一种屏风动物……说起那只蝴蝶……它有着无与伦比的寥廓：我看见，世界上所有的小猫都被囚禁在里头……”

仍是那扇窗户，在固定不变的方框之中，空间向后退却——通过透视法的把戏——同时扩张。贝尔向深处坠落，渐渐缩小，话音也随之变得遥远。有这样一种印象油然而生：那些原本在窗内的，此时看上去却在窗外。像箭一般射入其中的视力，在另一边穿透并且飞离了靶心。

一台电视机，一颗摆在客厅里的、喧嚣的大石头。对于我们，如同卵子对于精子，如此巨大，宛若星球，相对外部空间而言，其位置是固定的，几乎完全是惰性的，内里却充满沸腾流溢、包罗万有的岩浆。它是液态的固体，或相反，固态的液体。按下开关，它便失去灵魂，失去了它所有幻觉的填充物，像一个被候鸟丢弃的空巢，一个软体动物死灭后留下的空壳。像被抹掉了碑文的坟墓，退回到它自身的物质事实当中。

像无面目者，如此多余、突兀，却奇怪地躲藏在最为显要之处，以一种不透明的隐身术将空间切去一块，否决了所有曾与它缔结为互哺关系的目光。

而贝尔，他走进了人们的遗忘，像走进了一片大雾之中——字迹隐褪之后，纸张融解为半液态的、不确切的白。不要再谈论他了。

2015 年 4 月

挂在嘴边的人

1. 出门

出去吧出去吧。后来先生就出去啦。有更多的人会遇见他：这个五十岁的男人—— 一个板上钉钉的五十岁男人，从未有过二十岁或三十岁——正在用一把沾了水的剃刀刮脸。表面看来确是如此，但其实，他用更多的力气摆弄自己的思想——除此以外，他没有其他称手的玩具。

这时，若是向右转过半个身去，他会看到他的妻子蹲在一盆植物之前。那是一株兰花，他想，虽说它连一个兰花骨朵都没长出来，但人们坚持称之为兰花，并相信它会因为他们的坚持而名副其实。妻子摆出了一个短跑运动员预备起跑的姿势：左膝跪地，用左脚脚跟托住臀部，让脚尖承受了大部分体重。相对于左边，她的右边存在至少两个选择。可以让右脚踏在右前方，大腿向脚后跟靠过去，膝盖笔直向上——右肘，可以撑在膝盖上；也可以抬起脚跟，让右脚顺势向后滑，相应的，膝盖也要同时下沉到齐腰的高度。为了保证血液循环，避免腿部酸麻甚至痉挛，建议她，不妨让右腿以大约三十秒每次的频率在两种姿势间切换。

对于这个女人，比较值得一提的是，她的长发浓密而且自然保持纯黑，在她的年龄，也许这并不容易。但现在不是描述它的最佳时机：她刚洗过头，一摊耀眼的白光附着在她的头顶。

如果更进一步，他再向右转过九十度，就将面对他们的女儿。可以说她正坐在沙发上，也可以说沙发把她捏成一团——沙发座和靠背轻轻一合。她将两片膝盖并齐，用两条环抱的手臂锁紧，形成一个牢固的摆下巴的架子。不只下巴，鼻梁以下的小半张脸也埋在里面。有个俏皮的说法：从远处看——如果有那么一个远处——她可能像一个握紧的拳头。由于看着正前方略高一些的地方（成为鸟类的两个必要条件：卵生、长羽毛。蝙蝠不是鸟类），她不得不将眼球探向眼眶的上沿儿——高高挑起的眉毛在她额头拱出几道皮褶；当她觉得不太好受的时候，就会垂下眼睛，看一会儿并排摆在沙发边上的十根脚趾——第一眼看过去似乎不只十根。

围绕这三个人，在空气清新剂的柠檬气味里，在二十平方米的面积中，客厅使用受制于它的大小物品展开布局。

画三条线，把已经出场的道具——剃刀、花盆、沙发——连成一个梯形（请注意：沙发不是一个点，而是梯形的一条较短的底边）。在这个漏斗的纵剖面里，从上到下，首先是一只总在剧烈运动却不产生任何位移的动物（一台 42 英寸康佳液晶电视机）：在一个鸟类科普节目中，几万只候鸟汇聚成翅膀的洪流，却被运动鞋、休闲装和啤酒的闹剧拦腰截断了——你当然熟悉这种广告插播的形式——似乎鸟儿与消费之间存有某种云里雾里的联系。低矮的巧克力色电视柜，在电视下方倒映着电视。在雪片般闪烁的次图像中，一种感受被特别强化：那些鸟儿多数是白色的。

这是一个没有被充分利用的电视柜，除了一部影碟设备和两只遥控器以外，上面没有摆放其他东西（电视机不算，它们已经生长在一起），如果观察者对死角特别有兴趣，他还会发现一只六插头的黑色多功能电源。电视柜的右边以大片的闲置面积讥笑其左边的拥挤。在左边，一台落地式饮水机，一把斜靠在饮水机上的旧式木柄拖把，一面足有一米多高的衣帽镜，各有一小部分交叠在一起，甚至还多出了一个男人。本来他可以在厕所刮脸，那里同样设施齐全。

“我不愿在厕所刮，那里味道大。”他向妻子解释道。右边的开阔地更容易使人意识到木地板的存在，至于花盆、绿色花洒和蹲着的女人，都以一种隐晦但有效的方式告诉人们：它们并不总在那里。是的。妻子久久地欣赏着那些在线性时间中尚不存在的花朵，似乎认为她的等待才是最好的灌溉。不得不起身离开时，她轻叹了一口气，站起来，走到几乎占据半面侧墙的窗前，双手一分，拉开厚重的红绒布窗帘。地板上的阴影以猫的步态向两边轻轻一跃。沙发前的咖啡色玻璃茶几被“扑”地照亮了，映出几个等比例缩小的白晃晃的窗格。

除了边界和角落，梯形范围以外的实物内容数量不多，但分量很大。一台全自动洗衣机在右侧墙靠近墙角处，排水管插进藏在背后的下水口里；一只盛放待洗衣服的塑料篮子摆在一边；从洗衣角拐过来，一台休眠的壁式空调（无一例外，它们总是白色的）挂在天花板下方的墙壁一角，它的排气管则不客气地击穿墙壁伸出室外。一个比沙发靠背稍矮的棕色沙发台紧挨着沙发右侧，从侧面可以确认上面摆着一部红色的电话（一块白色带花边的方手帕从上面盖住它）。

一向是这两道门把客厅封闭在其自身之中：一道在右侧窗户旁，通向阳台——已经打开，导致客厅向阳台溢出；一道在靠着沙发的后墙左侧，通向楼梯，并能进一步通向一种不在什么里面的状态。

先生很快就要出门了，过去的时间在他背后用不礼貌的动作把他推向门口：是的，他就快出去了。但这三个人，如果把注意力放在他们身体的主要部分，会看到睡衣、睡衣、睡衣——他们仍全身心地处于绝对的室内环境中。

先生换上一条稍显肥大的黑色裤子，和上身相比，他的双腿并不粗壮。一件天蓝色的纯棉衬衫套上了一大半，一条手臂还在衣袖里穿行。手刚刚伸出袖口，突然停住了，手臂保持向后张开的姿势。先生咧了咧嘴，咬住牙关，舌尖从内部抵住牙齿吸了口气，发出嘶的一声。即是说：他倒抽了一口冷气。疼……关节炎，颈椎病。对着镜子，他抬了抬肘，又拧了拧脖子，盯着病患部位看了几眼，似乎面对的不是镜子而是一幅X光照片。他闭上眼，或者说，他把眼睛转向内部，疼痛像某种有颜色的气体，在幽暗的身体空间里渐渐散去，只余下丝丝缕缕，隐隐闪动。还好。

像重新上过机油，他用双手分别拉住两片衣领，把衬衫合拢，然后从上到下一一系扣子。纽扣像被拴在衣边的饿狗，猛扑出去，拼命伸着脑袋去够扣眼。如果放慢镜头，可以看到重复上演的天文景观：在月食的后半段，月亮从无到有再到满的全过程。系到最后两只纽扣，先生几乎能听到它们不满的叫声："你真是一个胖子。"这个胖子的波浪涌向它们，被它们拦腰截住，注满了布料的容器，外围的部分出于对重力的顺从垂下来，压在先生的裤腰上。

踮起脚，脑袋再向镜前凑一凑。先生向右转过脖子，目光对准镜子中央的左脸，接着再转向左边看一看右脸。无论哪一边，它们并没有趁他不备长出更多皱纹，相比昨天，他可能还年轻了一些。得出一个愉快的结论之后，他把头缩回去，挺了挺身，站得笔直；对镜子板起脸，做出严肃的表情；随后又眯起眼睛做出威胁的表情；最后，他的脸完全舒展开——好像变大了一些——以微笑收场。似乎这是一张新脸，必须试一试性能。精神不错。这让他少了很多担忧。先生转过身去面对客厅。由于看到了中意的电视节目，女儿的眼睛像一对被荧光屏粘死的、多毛的苍蝇。在她的视线下方，妻子蹲在地板上抹茶几，用卖力的劳动来表达她的不满以及不满的理由——只有她一个人在为家庭做贡献。再转个身，他向门口走去。然后仿佛已经完成了使命一般，先生的形象从镜子里消失。在镜子的边框以外，他在推开门的同时蹬上了皮鞋，其间他面无表情地面对着门外，好像对下半截身体正在做的事毫不知情。

2. 走失

在户外，薄雾中，朦胧的景色绵延不绝，只有视野尽头那一条假想的边界围限着它。先生是一个小黑点，在那条代表着看不到的远处以及更远处的、省略号一般的直线上缓缓跳动。更多的小黑点散落在他的周围游移不定，动向不一、杂乱无章。虽各自经历了一番迂回，终于还是趋向于前方，先从同一模样的黑点扩大渲染为相互近似的模糊形状，接着在继续放大的同时渗出不同的颜色，再拉伸出头发、四肢，最后生长出五官、表情、皱纹和身体的姿态，成为一个个明确无疑的人。各色景物保持着早已排定的队列跟随着人群，仿佛一列被他们合力拉动的火车，慢慢从雾中被拖出，逐一呈现。

所有道路皆如壕沟一般深陷在两排高楼之间，所以这里是城市。沟中的行人喋喋不休地抱怨着路，他们的抱怨将路分为两种：一种道路堪比兵刃，为了折磨脚，特意扯出裂缝、制造突起和陷阱；另一种道路平坦易行，却为了消磨生命而无度延伸。他们感觉自己被路困住，等待着门来解救。广阔和自由让他们感到不安，他们需要在能限制他们，同时也能被他们所掌握的范围内安身下来。但先生只想到门也意味着墙，他像个职业流浪者那样不断提醒自己注意这种见解的高明之处，以获得足以使他忽略灰尘和阴霾并保持愉快的优越感。这个早晨不算晴朗，而且还很脏。绿化带里的花草、店铺鲜艳的招牌、汽车多彩的车身以及行人身上的衣物，天空以下所有景物的颜色，也包括天空的颜色，都像食物变质一般，令人不快地失真了。

只要风在继续，尘土就积得越来越多，风的尽头应该有处专门制造尘土的工厂。在这种光景下，先生也变得陈旧了。这位光荣退休者，被流放的散步专家，他的旧从外表开始渗透了他，直至赋予他温和的，但对万物都隐隐责备的心态，好像他是一个过时的老东西，无法认同当下的世界，但必须要摆出长者宽容又自以为是的架子。事实上，这样的心态的确是他应该持有的，甚至也是他所习惯持有的，说不定也是他自己对照着时间表，自觉地把它翻出来的。正是由于这种自觉，对他来说，老既是一件特别敏感的事情，又不会太令他感到悲哀，像一把贴身的匕首——胸口的冰凉提醒他注意这种无情的存在，但不使他感到危险，相反，还让他觉得它的某些犀利之处能给自己带来保护。尽管想起随着老去，自己从环境中搜集快乐的能力已严重磨损，他所蒙受的也仅仅是一种尚未成立的忧伤，像看过一场悲伤的电影后惆怅又不失舒服的心情，而这种心情像挂在玻璃上的雨水，一时还来不及滑落。

话说回来，无论多么不堪，这到底是一个早晨。

一个年老的男人牵着一只矮小臃肿的白色长毛狮子狗。像是进行过相互模仿的演练似的，他们的动作如出一辙：微微低头，盯着路面，专注地、一摇一摆地行走，如同走在一块甲板上，过分的谨慎小心容易使人联想到船正在沉没。他们几乎一步一顿，似乎难以下定决心，但仍然像被笛音召唤的老鼠，笔直地朝某个被指定的方向走去。在他们身后，一个青年男人兴奋地追赶着一只高大的金毛犬，人和狗都铆足了劲，好像在进行一次筹备已久的捕猎活动。

双方很快遭遇了。金毛犬带着十足的胜算，漫不经心地、轻蔑地做出挑衅的表示，在经过时，用前爪将矮小的老狗掀翻在地，自己却跑到了前面，好像只是因为既顺路也顺手，才做了这件事。身后的狮子狗错误地预感自己将受到致命的伤害，断断续续地发出刺耳的尖叫。音调沿着空气中高低不一的台阶依次攀升，每一截或长或短的叫声结束前都拖着急刹车似的尾音，刺激着人的心脏。

金毛犬又好奇地转了回来，边打量躺在地上耍赖的这个怪东西，边执行战术般地绕着它左右跳动，刺探性地拍一记又舔一下，从绝望的反应中残忍地收获乐趣。小狗的主人“哟，哟”地哼唧着，发出没牙的人泄气的喊声，以老年人特有的虚张声势，徒劳地对大狗施以可笑的恐吓。为了解救他的小朋友，他盲目地调遣身体里可供支配的力量，使手脚朝各个方向摆动起来，但无论速度还是幅度都很有限，顶多像在对着空气写不会生效的咒语，丝毫也不能使人退却。此后，已经在旁边观望了一阵的壮年男人像演戏似的瞄准时机出场，仿佛自己与事态无关，只是出于热心或职责所在才挺身而出似的，以一种主持公道式的严肃表情喝止了正打算乘胜追击的伙伴，哄赶着它继续前进。没等走远，他就笑出了声，与其说是责备不如说是赞许地拍了拍大狗的脑袋。

老人陪着他的小狗在原地停留了一会儿。他格外用力地呼吸着，仿佛空气在他们这里出现巨大的裂隙，随着两侧的气流重新汇入，将之填平，他才在恢复供氧后慢慢地恢复了平静。两个跟他年纪相仿的目击者这时过来，像警匪片里姗姗来迟的警察一样，义不容辞地对已经失去踪迹的对象做着严厉的声讨：“真过分啊，真过分啊！”由于不能从陌生人那里领会安慰之意，趴在地上的受害者继续大口喘息着，发出呜咽声。

先生犹豫了一会儿，不知该不该从事发地通过，大狗留下的威胁仍然凝在半空中还没有散去。直到一对年轻情侣手挽着手走过来，他才跟随他们走出了不安。他们由于一无所知而神态安详，在他们的庇护下，先生私下猜想自己对危险也有了免疫，就像在太阳伞下免疫了阳光的水果小贩，尽管这时的阳光只比夜里稍凶一点儿。

水果摊靠边摆在下个路口，路的对面是早点摊。两名摊贩没有因为各自的生意发展出什么职业特征。如果把他们互换一下，也没有顾客会察觉任何不妥。何况也没有顾客，因此，他们隔着路面相互慰问着，“生意不好啊”“是啊，人都去哪了”等等。一辆不早不晚，专为插嘴而来的小货车突然出现在他们中间，又突然在他们面前化为搅局的尘土，只比尘埃稍大一些的飞虫们在其中翻着跟头，自以为是暴风雨中搏击浪涛的海鸟。两位老板一边用手在面前扇着风，一边尽心尽力地埋怨着，他们的下巴滑向货车离开的方向，仿佛本来堵塞在喉咙里的各种怨言在这个角度就可以顺利地脱口而出，“倒霉啊”“气死人啊，这车”。

他们认定，那些正在向他们垂钓的这片水域慢慢聚拢的顾客都给这个浪头冲得一干二净了。当然了，不是真的一干二净，先生还在，甚至是为了他们才留下来的。只可惜对于他们，他就像那些小飞虫，需要格外留意才看得见。不仅如此，先生觉得自己不但没有理由要求特别的注意，就连最基本的被察觉的资格也遭到取缔，似乎他与需要早点和水果的人有再明显不过的区别，以至于被他们以敏锐的职业判断给排除了。两人甚至远远地交换了一个苦笑，这一举动使先生不寒而栗，仿佛他们是一起针对他的阴谋的两名训练有素的执行者，因为那两张笑脸非得穿透隔在当中的他才能被彼此看到。这个阴谋的可怕之处在于，即使在先生离开以后，富有欺骗性的表演仍在继续，似乎不是他们实施着阴谋而是阴谋操纵着他们。无论先生在不在场，这个阴谋都会进行下去，并依然作用于他。

在早晨的过分冷淡和中午的过分热情之间，最好的天气被赐予了那些无名的时光。周身只感到一种与温度无关的、轻盈的舒适，太轻了，以至于让人误以为不需要任何接触就能够得到，误以为它是身体由内而外自行散发的。这种处处为人着想的，不施加任何压力的亲密使多数人都愿意走得很慢。先生是个例外。刻意的温柔在他看来无不透露出强硬的暗示，非叫人领情不可，就像过于殷勤的店员寸步不离地尾随着顾客。

沿街的大树枝繁叶茂，像具有糅合与搅拌功能的精密仪器，不断重组明暗对比，多层次多角度地反射不同强度的光线，至少酿造出几十种深浅不一的绿色，再配合微风抖出上千种变化。广告牌上巨大的人像格外细致地突出和协调了所有细枝末节，连雨点和车辆溅起的污水遗留在玻璃罩上的泥痕也像有意画上去的，富有美学意味。一路之上，每件东西都力图向他展示它们最好的一面。这种意在悦人眼目的媚俗手段，干涉了他自由选择的意志，破坏了他只想随意地、不受约束地浏览，却并不打算特意欣赏的初衷。

发现自己在公园里时先生吃了一惊，下意识的行走导致的结果让他感觉自己受了摆布。他好像根本没有移动过，围绕着他的一切都是虚假的布景，操控布景的人躲在暗处偷窥他的行为甚至思想，在他刚刚有所警觉的时候，就及时地将旧景撤走了。

先生一向喜欢这个公园，但是，在他生活过的每一座城市里都有好几个这样的公园，在他从没去过的城市里想必也是。这个公园并不比其他公园可爱。一棵棵低矮的柳树一致以顺服的姿势垂首肃立在卵石小径的两旁，一条水泥路横插过来，把两道树列各分成两段，并把路人引至圆形的中心区域。兼作座椅的水泥围栏里面，是早已干涸的喷水池，灰扑扑的假山埋在暗绿色的淤泥中间，像一张久未打理的、被疯长的胡须和好几种皮肤病破坏得面目全非的脸。在人为规定的布局中，假山和池水被赋予了无可比拟的重要地位，却仅仅因为一阵像潮水一样漫过来的阳光，就成了被丢弃的孤岛。没有人再青睐它们。卵石路曲折延伸，从几株香樟和龙爪槐，以及几个伪装成树桩的垃圾桶旁经过。之后的路段一分为二，一边通往一个新近漆过的朱红色六角凉亭，另一边通往一副秋千和一座儿童滑梯。上年纪的人多数聚集在凉亭和凉亭外的空地上，孩子们则占领了秋千和滑梯。他们年轻的父母通常心不在焉，年迈的爷爷奶奶却带着和孩子一样的笑容，在恍惚中凝视着自己的童年。公共厕所在凉亭后边，不分老幼，对所有人一视同仁，把守在卵石路的尽头，也把守在人们的肠道尽头。木头长椅散布在各个角落的阴影中，油漆剥落、布满霉斑。

这里的每个部分都可以出现在任何一张照片的背景中，却不能帮助照片中人打捞任何关于周遭的记忆。这种平淡无奇的地方因为它的平淡无奇而挣脱了时空的束缚，就像一只忠犬追随着主人，无论什么年头，在哪座城市，只要打一个口哨，它就会出现在街道的另一边。但先生认为，这一次，他看到的公园与以往有本质不同。他看到的一切都更加清晰了，清晰得像直接印在他的大脑里。如果说在他和世界之间始终隔着一扇窗户，那这扇窗户直到此刻才被彻底抹干净。人们在他选择的视角里活动，像是在一个个电影镜头里，一举一动看起来都预先经过设计，而且给先生一种他们深知自己会被品头论足的印象。

两位先生的熟人一面低头走路，一边讨论他们的健康。姑且称他们为邻居和同事——并非以之提示他们与先生的关系，只因这样称呼总不会错，他们总得是什么人的邻居和什么人的同事。只是作为先生的熟人，他们才与对方结识，对彼此的了解几乎仅限于名字而已，而且还是为了避免被可笑地称为“先生的朋友”才相互告知了各自的名字。然而，他们的话题却和先生毫无关系。这让先生多少有些失意。这不公平，你们至少应该向对方探问一下我的近况，例行公事嘛。而且也并不是找不到理由，比如可以从最近多变的天气谈到我的关节炎。你们可以说：“他这病犯起来可不好受啊，唉，这么好的人……”但他们的对话依然流畅，暂时还没有借助天气的必要。

“更糟糕的是，我的胃口越来越差。”邻居扭捏地说。同事一边将半握着的右手举到邻居面前，提示对方自己这只手里恰好握有这个问题的重点，一边行家似的下了结论：“和睡眠有关，你的睡眠不太好吧……这很正常，没有什么大问题……这好解决。”“那怎么解决呢？”“嗯，还不能确定你有没有其他的问题，如果有的话那就……不过不难，问题不大。”他们笔直地向先生走来，就像是被他的视线给拽过来的。

先生深知他们的底细，邻居的胃口一向不错，同事也绝不是什么健康专家，他们只是在话题的生产流水线上，自然而然地扮演寻求建议和赠予建议的角色。这一套是他们早就练熟了的。

邻居将信将疑，勉强接受但又不特别认同，有限度地肯定以催促对方给出更有说服力的意见：“你觉得我不应该太担心？可我听过不少那样的事，我的老邻居，他叫……算了，说了你也不会认识。他本来壮得像头牛，这个比喻太多人用了，可能听起来挺平常的……不过啊，这个人是真壮！前几年他的胃口坏了，什么也不想吃了，后来他的胃被切掉一大半……现在他瘦得站也站不稳……”

话说到这里就进行不下去了，他不愿意给人留下一个冷酷的印象，但又觉得自己似乎越讲越有趣了，有趣到根本没给同情心留下一点余地。过了好一会儿，他才摇头叹气，接着说：“每次看到他我都很难过，说不定……他没几天好活了。他老婆还很年轻，还有个正在读书的女儿，他们一点儿也不富裕。”然后，他还想再强化一下他的惋惜之情，又补充道，“他的女儿，是个好女儿呀，人长得漂亮，也懂礼貌。他老婆也不错……”

“嗯，你没必要担心……对你没好处……如果你不想和他一样，就应该乐观一点儿。年纪越来越老，身体一定会越来越糟，这可是自然规律。”同事用手指着天，提醒对方他所说的可是个高高在上的东西，“你的这个邻居，他肯定会死，不过，不是死于他的胃口。胃口再好也会死……脑溢血或者心脏病……总之要死的，要是能死得愉快一些还是好事呢。我们的朋友，先生，他也有一个女儿——”

邻居打断了他，责备对方不该轻率地下结论，急于表示自己完全知道他要说什么：“不一样不一样，他们不一样，他们的女儿，他们的老婆，完全不一样。”

“是不一样，他的胃还不错，其他的器官也没被切掉一丁点儿……但是，可能他还比人家更可怜些呢。”同事一边说一边不经意地流露出幸灾乐祸的样子。也可能只是先生自己这样觉得，他还没准备好接受他人的同情。

两位熟人越走越近，先生打算尽快让他们发现他，他想及时介入这个与他有关的话题，因为他明白，在自己不在场的情况下，任由他人畅所欲言，对于任何人，都可以说是生活中最大的风险。他夸张地向朋友们用力挥手，仿佛他与他们分居此岸与彼岸。他感觉自己的动作落空了，不好形容，很不寻常。这是一个完全失重的动作，没有一点力量落在实处，好像刚抡起了一柄重逾千斤的铁锤，却发现目标凭空消失了，自己只是被锤子的重力牵引着，投进一个深不可测的洞里。

先生的手臂不见了。他盯着本该是手臂的位置愣住了，等回过神来又发现身上的其余部位同样也不知去向。他四下寻找，但一无所获。得好好想想这是怎么了，状况不是这一秒才发生的。事实上，之前他已经发觉自己有了一些微妙的变化，一个无所不在的东西，一个多余的但又无法排除的东西终于退出了他的视野。那是什么呢？是鼻子，自有生以来就若有若无地支在眼前的鼻子；还有眉毛，乌云般的眉毛，当他抬起眼向上看的时候，它就像一个毛茸茸的穹顶笼罩着他的世界。

我去哪里了？我还在不在这儿？可能我走得太久了，有些虚弱。我的身体太沉重了，我没有力气支撑它。我已经实打实地生活了几十年，很早我就开始养家，不能说不努力，但一直也没过上富裕的生活，我的消耗一直很大，我快被用光了。有时，我真希望自己消失掉，就算根本没存在过也没什么可惜的。不，想这些没用。冷静，我应该冷静下来。做个深呼吸，可是呼吸去哪儿了呢？呼吸也找不到了。找不到就算了，除非它自己愿意，不然找不回来的，不要管它了。现在阳光这么好，说什么也不该嫌弃它，我应该耐着性子晒一会儿太阳，我的问题就在于从来都不懂得享受。放松一下，会好起来的。可是……未免太亮了。

他想把眼睛闭起来，可是缺少了眼皮，他做不到这一点。既然总得看点儿什么，他选择看着自己的影子。谢天谢地，影子还在。这让他多少恢复了一些信心。尽管这时它又粗又短，跟树影连在一起，就像树上的一个大鸟窝。

“这么巧，你们都在啊？”先生说。他的熟人们被吓了一跳。声音很轻，但很有穿透力，像是从遥远的太空传来的。“是谁在说话？”两人满脸戒备地扫视四周。“是我，你们看不见我吗？嗯，当然了，你们看不见我……我不见了。”“什么意思？”同事转过脑袋，朝着他所认为的先生之所在说道。先生用自己的影子推了推同事，想要纠正他：“我在这里，在你旁边……我在这……我在……我……”语言是最后一件可以依仗的工具，先生使尽了浑身解数，他挥舞着舌头就像车夫挥舞着鞭子，但很快，连鞭子也被夺走了，一个中年男人的存在被掏空了所有的内容。

“……”，先生听见自己发出了风的声音。恍惚之间，他竟不再感到惊慌了，惊慌对于他已经成了一种抽象的东西。他自己就是个抽象的东西。“我们是不是应该帮你把自己从什么地方给揪出来呢？”同事挤眉弄眼地说，像在做着某种表情实验。先生耸了耸肩。如果可以耸肩的话，他很想这么做。

已经安静了大半天的街道喧声渐起，起初只有零星的细小噪音，像是什么地方在露气。随后，在一阵哄闹中，城市开始了大规模的排泄行为。被无情的劳役消化了至少八个小时的人们，拖着几乎快要融化的身体离开了那些视他们为蝼蚁的高大建筑。他们穿着各式各样的皮鞋，挎着大大小小的公事包，以完全驯服的姿态在巨大的畜栏中穿梭。与其说他们在走，不如说他们在流，他们所剩无几的体力根本不足以解释他们的速度，操控脚步的不是他们自己，而是一种趋势，一种他们从未搞懂的趋势。直到这种趋势的物质实体——各种型号的汽车——将他们彻底裹挟其中，他们才停下脚步，自以为得救了。

这些人总在等待搭救。等待时，他们低下头，看着脚底的影子，就像看着自己的灰烬。先生的影子混在其中，显得特别有活力。它像一辆玩具汽车，被主人的意志秘密遥控着。他密切地关注着它，谨慎地对它发出一些指令，以此来掌握自己行进的线路。一时之间，这种可悲的游戏倒使他忘记了自己的可悲之处。

这时，西边现出了一片火红，虽说不算特别稀奇，但毕竟不是所有的黄昏都有晚霞。在这个古怪的日子即将结束之际，先生觉得，对于他，此刻的晚霞或许有了潜在的纪念意义。

两名一无所获的小贩追悔莫及地收了摊子，就像收回了一句害人不浅、不负责任的蠢话。他们的脸色比黄昏的颜色更加晦暗。隔着一条马路，两人以相似的姿势走着，身体前倾，推着两个轮子的流动货摊，像一对移动的镜像。仿佛受到挟持一般被他们夹在中间的先生可能就扮演了那面想象中的镜子。突然，两人同时停了下来，一弯腰，从地上捡起了什么，随手丢在摊子上，而后又若无其事地继续向前走。先生一眼就认了出来，那些是他今早离家时所穿的衣物——鞋、腰带、裤子、衬衣，分别搭在两个货摊的扶手上。

那是我最合身的一件衬衣，穿在身上很显体面。先生每看它一眼就更为自己惋惜一点。多好的衬衣，我多么喜欢它呀，刚买来的时候我都不敢穿它，倒不是舍不得穿，主要是怕自己配不上它。其实啊，衣服就得多穿，你越穿它，它就越体贴你。慢慢地，它适应了我的脖子、我的手臂、我的胸脯和我的肚子，熟悉了我的整个轮廓，简直成了我的第二层皮。它很贵，我忘了我花了多少钱，但它肯定很贵，贵到我只能有一件这样的衬衣。当然有一件也足够了，很多人连一件也没有，至少我是这么看的。

人们总是在不知不觉间失去自己最好的衣裳。此刻，白昼发光的外衣正一丝一缕地从天空的身体上被剥去。很快，整个世界就会像一个光溜溜的、皮肤漆黑的妓女。没准这才是它的真面目，没准影子才是我的真面目。现在，先生那无面目的面目也在渐渐模糊，他正在成为那个妓女的一部分。

失去了内容之后，他连轮廓也失去了，只能不断训练自己分析一切可见的线索，通过相对位置的变化来锁定自己。他跟自己强调：左边的小贩在前进，右边的小贩也在前进。他们看起来很累，需要好好休息。前方，隐约可见几道花花绿绿的背影，那是几个快活的女人，断续的笑声像一粒粒火星在她们的头顶迸发而后沉寂，他想象，她们一定长着甜美但俗气的面孔；后边，一个满脸青春痘的年轻人慢慢地蹬着自行车，也许出于自卑，不愿意在天黑前赶上来，以免姑娘们看见他花生壳般凹凸不平的脸。左侧路口，一个九十度的驼背老太婆正披荆斩棘般地顶开面前的空气穿过马路。

我就在他们中间。想到自己仍然可以占用某个位置，先生得到了一些安慰。这个护送先生的秘密队伍，这个规定他范围的容器，在桥头被拆散了。这座桥也是秘密的，它隐藏在一段道路中间，完全没有桥的样子。说它是桥，只因道路两旁各出现了短短一截水泥护栏，在道路下方有河水流过。一只局促不安的鸟儿挥舞翅膀，在队伍前头高高低低地飞着，掠过桥头，然后毫无章法地在河面上打着转，像一只受惊的苍蝇。也可能那根本不是鸟，先生不能确认，它有翅膀，而且比昆虫大得多，是只蝙蝠也说不定。

始终在道路两侧保持对称的两名摊贩在桥上顿住脚步，放下货摊，一只手举到前额，然后就停住不动了，好像突然面临两难的抉择。这个手势除了制造悬念没有其他的效果。他们终于摆脱了生计的追逼，终于想要擦把汗了。可喜可贺，现在他们不再是两个小贩，而是两个人了。先生觉得，他们应该靠在桥头的护栏上，如果可能的话，甚至应该躺在货摊上，用可能采取的最舒服的姿势等待遍布身体的，像堤坝一样阻塞精力的乳酸自行化开。

天越来越黑，姑娘们越走越远，就快看不见她们了。她们的头和脚都已先行沉入夜色，只剩下几截鲜艳的身体悬在空中，像一些彩色的浮标在海面上晃动起伏。此时，路旁的植物突然一齐斜着身子摇晃起来，几排弧形的、犄角般的尘土从地面升起。是一阵风。先生凭借经验，将凉意灌进一整个人形的幻肢当中，就好像风将他重新画了出来。这样的夜晚，每个人都会把身上的衣服紧一紧，我却只能一丝不挂。骑车的年轻人突然发疯似的猛蹬了一阵，裹着一股气浪从路面掠过。看他卖力的程度，似乎不是在过桥，而是要用轮胎将桥整个剪下来。几乎没有任何过渡，一人一车就从桥这边的正面，翻到了桥那边的背面。在昏暗的街灯之下，猛烈向前的趋势使他周身泛起一团光晕。另一边，蜗牛般的老太婆终于越过了整条马路，同时也彻底出离了先生的生命，连最后一丝黏迹也看不见了。没人愿意继续待在这里，我却不能逃走，只能在这里等待，等待被影子的海洋吞没。

不易察觉但很迅速，在视野两端竖立着的两块磁铁般的黑暗一点一滴地吸走了所有尘世的金属。只有站在桥头的两名小贩，以及他们的货摊还守在原处，似乎他们是另一种稀有物质，全然不受夜的约束。当然，还有先生，他不得不和他的衣物待在一起。然而又一次，隔着他，两名摊贩像照镜子似的交换了一个苦笑。其中一个先开了口，声音沉闷而又空洞，却有着说不出的严肃与自信。深藏在话语中的深意像被捂在木炭底下的火苗，一旦进入先生的耳朵，就灾变般地释放出越来越强大的破坏力：“相信我，你不再需要它们了。”

先生觉得这话像是从自己的肚子里发出来的。

3. 访客

一种叫作家的装置，通常来讲，其主要形式是将一些四四方方的，作为功能性空间的洞穴拼合起来，使它们各司其职。最合理的建构方法应当是，从一个大立方体当中挖出若干小立方体，再对留下的洞做必要的修正，直到完全符合尺寸规定，并且满足各种实用场景下的舒适度或美观度的要求。但实际上，人们的操作正好与此相反：他们围绕着一些并不存在的，还在想象中的洞穴堆出巨大的、蜂巢状的立方体。这种奇怪的逆向程序几乎不可能保证执行的精确，人身在其中，难免会有类似于脏器移植的排异反应。荒谬的是，家正是凭借着它带给人们的不适感将他们留在了它里面。他们有多痛恨它，就有多珍惜它。他们渴望着家的坍塌，并且带着这种渴望千方百计地保护它。他们守着它，就像守着一座根本无人觊觎的城堡。事实上，会对它发起进攻的无非是一些见不得光的啮齿类动物和昆虫。他们咬牙切齿地杀死它们，在完全排他的空间中，像暴君一样生活。但先生做不了这种事，蟑螂比他更强大，他只不过是一些无法直接施加影响的智力活动：经验、推理，还有结论。他刚才正在想：我可能是一只鬼。

窗帘是合上的，房中的黑暗被透进来的微弱光线调和过，并不是什么都看不见。像常有的那样，蟑螂出来活动了，带有金属质感的身躯不像自然的生命体，倒像是某种科技的产物。它沿着地砖的缝隙爬来爬去，像一个头顶竖着天线的机器小丑手脚并用地攀爬绳索，时不时地，还会停下来转一转脑袋，仿佛在接收从另一颗星球发来的信号。它扁扁的、油亮的外壳让他联想到某些坚果，将它们撒在地上，一脚踩上去，马上就能听到一阵短促的噼啪声，就像木柴在炉膛里发出的声音。这种温暖的想象让先生几乎忘记了自己的处境，他像个孩子，顽皮地追赶那只蟑螂，想要揪住它不断甩动的后腿。但是，根本够不到它，这让他明白，想要弯腰躬身，必须首先有腰有身体，而他所拥有的仅仅是一个意识。先生的意识悬在空中，他的家在六楼，底下的五层大概有十六米高，再加上他一百七十厘米的身高——这是他此刻仍然保留着的唯一特征——他在大约十八米的高度飘浮着，像一只风筝维系着自己和地面之间并不牢靠的联系。他觉得有点晕，觉得自己正站在自己的头上。

两个小时以前，他的妻子和女儿像履行义务似的用完了今天的晚饭。由于饥饿感长期缺席，她们似乎从来没有好胃口，也不希望有，几乎只是为了讨好对方才坐在饭桌旁。根本就没有准备我的那一份。食物躺在碗碟里，帮助先生唤醒咀嚼和吞咽的记忆。有一会儿他把它们看作保育箱里的新生儿，以仅有的黑暗和潮湿的体验做着被吃掉的梦。在这个梦里，女人们用筷子或者勺子把它们托起来，尽量不惊动它们，温柔地、以麻痹为目的地轻轻摇晃它们，亲热地、小心翼翼地抿在嘴里，然后用牙齿碾碎它们。

餐具连通世界。装货卸货，上去下来，地面运输，空中运输。牙齿、牙齿，切牙、尖牙、双尖牙、第一磨牙、第二磨牙……下一站，牙齿。实际上牙齿简直无所不在。进去，还会出来，再进去，无休无止。我真的有点晕。先生在等待睡眠。等着它把他像电视机一样关掉。

和女儿对待晚饭全然冷漠的态度不同，妻子以一种夸张的激情——尽管常带有些自嘲的意味，每天按时按点准备三餐。她会在厨房里用掉一个小时，精心地对待每一道工序，然后在饭桌旁坐十五分钟，和她的家人面面相觑。在这种极不实惠的投入产出比背后，一种优越感油然而生：反正我做了，应该或者不应该我做的，反正都做了。

表面看来，繁重的家务使她苦不堪言，但事实上，作为一名教科书式的家庭妇女，她将生活施于她的劳役视作消遣。那些避无可避的活计已经成了她的娱乐项目。她使繁重的更加繁重，使琐碎的愈发琐碎，终于让毫无价值的忙碌变得像一种智力游戏，尽管无聊的仍然无聊，但却是一种令人沉迷的无聊。生活的重重围困，对于她却是一种必需的保卫措施。在厨房的棋局当中，她像极了在柴米油盐和锅碗瓢盆之间，被前呼后拥着的皇后。每当一天的劳作结束，在走下王座的时刻，她都会进入一种精神上的虚脱状态。她将不得不和她的眼中钉——刚刚逃离饭桌，躲进零食袋里的女儿——并排坐在沙发上。她们在电视频道的问题上寸土必争，就像两个关系紧张的邻国因为边境问题而展开对峙。遥控器作为唯一的雇佣军，成为关键的胜负手，谁拿到了它谁就可以势如破竹地占领一个又一个城池。

女儿蹙起眉头、眯着眼睛，用近视的人摘掉眼镜后那种充满敌意的目光盯着屏幕，随着手指的动作，画面跳来跳去，加剧着母亲的神经衰弱。咽下最后一口虾条之后，她终于站起身，把食品袋丢进垃圾桶，去到洗手间，对着镜子拆除保持了一天的美貌。无论出门或者不出门，她每天坚持化妆，为了一个永远无法实现的目的：依照自己的轮廓制作出一张美丽的、坚固的妆容，再将它完整地揭下来，批量发行，成为每一个人眼中对于她的普遍印象。

秋天到了，先生突然想到，这是一个可以和自己议论一番的话题。我的头很晕，但秋天到了，头晕这种事可能正意味着这一点。他感到自己在盘旋，一圈又一圈。从来都是这样，一个季节选中了一块地方。他想象秋天在空中盘旋着，半个月或者一个月，翅膀上的羽毛——那些枯黄的树叶——落得满地都是。如今，它已降落。但他还要继续盘旋下去，一圈又一圈。他深知自己再也睡不着了，睡眠再也不会在自己头上降落，而且，他无处可申诉、无人可抱怨，只能自认倒霉。像是为了回应他，妻子随手抓起一件外套披在身上，又把一个沙发垫抱在怀里，在自己的身体上筑了一个温暖的巢穴。疲劳从心头浮上面庞，渐渐漫过她的全身。他眼巴巴地看着她在他面前尽情地行使打呵欠的特权，看着她以手臂和双唇撑起的睡意的气泡，一点点涨大、破裂，弥散在空气里。

她一边抬起右手掩住嘴巴，一边垂下眼睛望着右肘和右腿之间，透露出一种不确定的忧虑，仿佛在那个夹角当中发现了不易及时察觉但意义重大的一个属于右边的规律。一个决定了她在下雨天总会浸湿右边裤脚，以及右边鞋底总是容易磨破的秘密规律。

她在为我担心吗？或许，她在考虑是不是已经有足够的理由为我担心？她站起来，紧了紧身上的外套，梦游般地走回了卧室。妻子的一天结束了，但他的还很长。没错，对于我来说，这真是没完没了一天。先生不是一个异想天开的人，甚至于在通常情况下，他只感受不思考。但目前，他实在没有其他事情可做。他想，这可能就是个捉迷藏游戏，有人把他藏起来了，等着他自己找出来。他可能就被囚禁在某个显而易见的地方，比如镜子里，比如妻子的一个呵欠里，等她在不经意间打破了这个呵欠，他就能获得释放，就像神话里的精灵或魔怪。当然了，最大的可能是……再说一次，我可能是一只鬼。

如果愿意，他有很多机会让他的影子替他说话，以他的沉默表达最激烈的悲伤。但他不确定是否应该这么做。先生早已失去了坦率的能力，长久以来，他就像一个她们无意了解的秘密。

头一两天，妻子和女儿对他的事进行了细致分析。首先，她们认为他的不辞而别不像是有预谋的离弃，他没有带走任何财物，身上甚至没有一件保暖的衣服，而他的社会关系所能提供的帮助也很有限，在这样的背景下，有关逃亡的猜测显然是不能成立的。她们并不回避他遭逢意外的可能，但却一致认定这种可能微乎其微，毕竟一场车祸、一次谋杀或者一次自杀，在现代都市永不中断的光天化日之中是根本无从隐瞒的。在是否立即报警的问题上她们出现了分歧，一个认为报警反而可能对他不利，主张应该再耐心等待几天，另外一个却指责说这样也许比较理智，但在目前的状况之下，此类理智有悖于亲情。和其他的僵持局面类似，两个人起初只是一时兴起，凑巧站在了相反的立场之上，但因为在对方的申辩中找不到任何可取之处，便越发执拗，越发感觉真理在握，陷入一种充满攻击性的自我陶醉之中。如此进行下去，自然只会离结论越来越远。先生被悬在她们的假设当中，感觉很不得劲，但他又无法离开，毕竟白纸黑字的档案明确指出，这个家庭安置了他的法定身份。如今，除此之外，他还有什么？

过去几天，除自己以外，先生并未注意到其他变化。世界仍是他熟悉的世界，他的妻子和女儿也都做着以往她们每天都会做的事。但最近，他开始时不时地看到一些从未经验过的景象。比如，有一次，他看到妻子袒露着内脏，形似一幅立体的人体剖面图，在房间里来回走动。她将内部构造完全暴露在阳光和灰尘中，像一个巨大的首饰盒子正在呈献自己的所有藏品。既然不能回避，他只有试图解释它。他想，这是由于已经化为无形的感官终于从一种幻肢般的假象中退出，将感知世界的任务全部交给了想象。另外，还有一些微妙的时刻，他什么也看不到，什么也听不见，但却肯定自己仍清醒着，一种对于“我存在”的坚信比任何时候都更为强烈。这种黑暗和蒙昧是生命的本质与核心，是像剥洋葱般一层一层剥掉感受和思维以后最终剩下的东西。他想，意识从不休息。虽然人们以为一旦进入深度睡眠，意识便陷入沉寂，但事实上，它只是专注于黑暗。就像生活在海底深处的那些没有眼睛的鱼，凭借对于水的某种难以理解的直觉，密切留意着每一丝最细微的波动。总之，先生手中不乏具有科学性的推论，足以抵挡他可能疯了这个看似已取得压倒性优势的判断。

在先生看来，家门是单向的，完全无视因果：他的妻子总是在家，似乎从未离开过，但却时不时地会从外面打开房门，走进来，拎着几个装满了食物、草纸或其他生活必需品的袋子。而女儿则像是这个家庭的一个驻外人员，她总是精力过剩，过着一种在社会中游牧的生活。他发现妻子独自一人时会自言自语，这不奇怪，真正叫他感到惊讶的是她将语言抛入空间的方式。她似乎根本什么也没有表达，只是用嘴里的语言来消解心中的语言。她靠说话来保持沉默。

总是有一个讳莫如深的、胸有成竹的表情，一个不应属于她的表情，像一种神秘的潮汐在她的脸上浮现，涨涨退退，留下一些贝壳般的细节——紧皱的眉头和翘起的嘴角——以及层层叠叠的波浪般的纹理。或许这表情并无含义，只是作为衰老的使者前来拜访她。她会随机盯住某样东西：窗帘、地板或者从拖鞋上方伸出的脚趾，一段时间之后她会变得开心或者沮丧，仿佛目光与现象之间的秘密的较量终于有了结果。之后，茫然——脸的忘却，表情之死——便抹平了她。

家里渐渐产生了一种舞台感，一种虚构的气氛在无声的弥漫，眼看着先生自己，包括他的妻子，都要相信他们是在一个故事里了。一天下午，有客人来访。她的一位熟人，很可能也是她的亲戚，一名消息灵通的司机，一颗运转稳定、良好的汽车内脏。

他和先生的关系一直比较微妙。有时他们是极其投缘的，先生会以一种容易招致怀疑的、过于友好的态度和他拉家常，尽管他的那股亲热劲多半出自对于对方的轻蔑，但他的确感到友谊真真切切地出现了，哪怕只是屈尊降贵的友谊；有时，他则完全无法忍受这个总是硬生生地闯进他家里的人。客观地说，此人并无可取之处，完全可以称之为一个浑浑噩噩的人。他从不考虑任何问题，在他看来，问题并不存在，当然，答案也不存在。不得不说，对于他的职业而言，这是一个优势——那些毫无个性的人，那些很容易便失去自我的人，很少让车辆发觉胸腔之内的异质感，因而也就很少被排斥——他的车技出神入化，人车合一。像一头奶牛或者一只母鸡，他如此安于自己的角色，以至于生活于他而言就是饲养自己。他害怕被当作愚蠢的人，可这几乎无可避免。然而，在此次拜访之前，他却好像突然得到了一种自己从没期望过的价值，这个可悲的司机出奇地自信从容，像一个有决定性的关键人物。

“这种事，唉！”站在门口，他就简明扼要地告知主人自己的来意。

“嗯，这种事……也没什么奇怪，谁家都有这种事，每一天……这种事不知道会发生多少次。”

“我就知道，这是迟早的事，早就看出来了，什么样的人就能做出什么样的事。”

他边说边向前跨了一步，仿佛她的回答令他有机可乘。可是她并没有表示同感，事实正好相反，她显得特别不愉快。他立刻又向后退了一步，但到底有些迟了，一个兴奋的表情在他的脸上破碎了。

“当然了，不能怪他，他也不想这样……谁都不想这样，大家都不容易。”他说。“也许吧。”她说。他舒了一口气，后悔自己太过急于表明立场，同时又为自己能及时将态度摆回原点而感到得意。顺着刚刚扭转过来的局势，不等主人邀请，他就自己走进了客厅。

客厅的一边是阳台，另外一边是厨房，在客厅与厨房中间是一片城乡接合部似的、贫瘠的、不伦不类的区域，分布着门槛、墙壁和柜子投下的棱角分明的阴影。在这片区域里躲着一只鬼——先生，像一个特殊的电台频道。这不可见，同时又无处不在，使空洞更为空洞的填充物，像舞台上的主角，被一道光柱笼罩。在既严厉又滑稽的现实空间里，到处荡漾着忧郁的尘埃。他闻到了这种呛人的尘土味，从中嗅出了一些阴谋的味道。妻子和司机开始脱衣服，对于衣服的抵抗，他们显然反应过度了，使了太大的气力，以至于连他们自己都被脱掉了。两副完整的人皮瘫在沙发上。他们成了时不时总要朝对方苦笑一下的水果小贩和早点小贩。一个小贩对另一个小贩说："我太了解他了，他是个不满意先生，对这也不满意对那也不满意，他会回来的，虽然回来以后还是不满意。"

该死的幻觉又来了，它与真相有时像眼白与瞳仁一样交叠在一起，有时像日光和月光一样此起彼伏，让先生无从分辨。妻子还是那个妻子，尽管是在自己的家里，她的着装却不会使任何人难为情，甚至保守得令人望而生畏。司机一时没有说话，但可以从他灵动的眼球中看到有形的、陀螺状的思想在不停地打转，一个不合算的念头刚被离心力甩出去，很快又有新一轮的盘算滚雪球一般转出来。他显然不聪明，但却是个敏捷的人，或者至少总还是个善变的人。

“总有什么征兆吧？”他问。但妻子没有回答，可能也没有听到，她向先生走去，当然这只是就他们之间相对位置的变化而言，她的目的地应该是厨房。

“喝杯茶吧，天凉得太快了，前几天还怪暖和的，突然就这么冷，好像哪里有个大冰箱在报复所有人。”她拿着茶叶罐和暖水瓶走回客厅，边走边摇着空空的茶叶罐给司机听。“抱歉，抱歉。”她说，仿佛自己知道得罪那个大冰箱的人正是她，所以对无辜受到牵连的司机很是过意不去。“总有什么征兆吧？”他思考了一下，以更为郑重的语气又问了一次。“有啊，做什么事都不情不愿，就好像他只是不得不做，就好像他是一个被控制、被支使的人质。”“嗯，那么，”他的手指即兴地在膝盖上敲了起来，似乎在催促腿上的某个偷懒的小玩意儿赶快行动起来，也像是在发送某种有特殊含义的电码，“他有厌烦的情绪，可能是突然对什么不满，也可能是一直都不满，只是现在克制不住了，他没有掩饰这种厌烦，这么说起来，应该……很可能……这是一个临时的决定。”

妻子这时站起来，走向阳台，好像对客厅里的戏剧失去了兴趣。她在窗前站住，静静地观看玻璃上的无声电影。那是一个无休无止的长镜头，灰暗的、一成不变的景物无疑是乏味的，但此刻却牢牢地抓住了她的注意力，似乎这乏味的一切构成了一部表现乏味的杰作，具有一种强大的、压倒一切的反讽意味。

在一眼能够望到的远处，秋风像锋利的、冰凉的铁梳，从巨型动物毛发般的草地上刮过，引起一种断断续续的颤抖，抖动出自地底深处——所有风的源头——经由漫长的时间而来，带有至关重要却无法解读的历史讯息。像一阵不能自抑的哭泣，一只伤疲交困的狼的呜咽，这阵风在地表的人造角质层上，在一座城市的悲伤中翻涌，此外，还有另一个无形的、有翅膀的东西驾着风四下飞舞：妻子的目光。在全部可见的区域里，一张坚硬的、东拼西凑的、傲慢的水泥脸，一张自以为有功的现代化的脸，纹丝不动地仰望着天空。

多么安静啊。但先生认为现在的冷清是疯人院里的寂静，有随时热烈起来的潜力，有酝酿各种意外的能力。接下去他们准备做点什么？至少再说点什么吧。他是在看着我吗？

司机挪了挪屁股，换了个角度对着厨房的方向说："难道他还有什么特别好的去处吗？"这是一次标准的明知故问，他的语气与表情一点儿也没有寻求答案的意思。所以她没有回答。"嗯，应该没有，和那些无家可归的人比起来，他也没有更多更好的去处。"他说，接着又是一段沉默。沉默对他来说是忍耐或抵抗的过程，他希望能控制自己的脸，但谁能拒绝开心呢？一个小石子般的笑容击中了他刻意平静的面容，接着就画着圈儿扩散开来，如果干脆放纵它也就罢了，偏偏他想要用缰绳勒住涟漪，到最后，硬是在一个奇怪的鬼脸上面僵住了。

"本来也没什么，人活着……活着就活腻了，可是要想换一种活法是很难的，也很危险，比较妥当的是时不时偏离一下轨道，暂时换一个地方、换一些人交往，然后再回来……总是要回来的嘛……这么一来，这种腻烦或者逆反情绪就能得到缓解了。像这种出走……如果以合情、合理、合法的方式进行，就没有一点效果了。越是老实人，越是需要做些出格的事，否则，一辈子的循规蹈矩，对他来说都只不过是噩梦般的空虚。我很理解……非如此不可……”她以一种过于正式的、不自然的步伐走回客厅，好像她去的是一个更远更高的地方，“我觉得，他一直想在自己心里否决这个动机，他总是做出一副乐天知命的模样……宽容，是他待人处事最高原则……他从来不会很高兴，但总是保有一点适度的愉快……你知道问题出在哪里吗？这问题，谁都没法解决……他认为不凡之人能够毫无保留地接受自己的平庸，但问题是……既然是不凡的人，又怎么会平庸？会存在一个平庸的圣人、一个平庸的智者吗？”

“抽根烟？”司机完全愣住了，只好解围似的岔开话题，见她没有反对，立刻急切地摸索衣兜，仿佛抽烟成了刻不容缓的紧急任务。可是她却要求我戒烟，反复唠叨，把从报纸上看来的无法证实的数字报给我听。抽一根烟少活五分钟，好像活得久是一件多么好的事一样。

烟嘴出没于司机干裂的双唇之间，随着他的两颊凹进去再鼓出来，发出啪嗒啪嗒的响声。深吸一口五秒钟，浅抿一下两秒钟，按照一套隐秘的生命刻度，司机像一根绳子从剪刀中间通过，被一点一点地剪短。一团蓬松的丝状烟雾从嘴里涌出，又突然急剧收拢，如同一条倒流的瀑布，一群归巢的野蜂，或是一个灵魂，被吸进他的鼻孔，然后在口与脑之间，在思想和食欲之间的腔体内几经迂回，损耗大半，才随着人的鼻息狼狈地逸出，化作一个灰色的叹息。

无话可说了吗？司机端起已经凉透的开水喝了一口，

然后发出两声咳嗽。妻子连忙站了起来，但马上就发现自己的关切显得十分突兀，所以又坐下了。其实，在他们的动作之间，并不一定有一套清晰的逻辑，作为对话的一种延伸，动作的含义无关紧要，只需你来我往，保持有问必答即可。

“要找一个人，我还是有办法的。”司机终于扭过身体，对先生的妻子说，“我有很多朋友……很多同行……他们了解这个城市，甚于了解情人的身体。你随便说出两个地名，他们就能为你找到每一条路线。这么多的朋友，他们每天在外面开车，同一时刻，在不同的路上，朝着不同的方向，驶往不同的目的地。如果把他们的行车轨迹全部描下来，你会发现，在整张城市地图上，没有任何一个路段是他们没走过的，没有任何一个地点是他们没到过的。他们开车的时候，既要看前面，还要通过观后镜看后面，每天他们会看到成千上万的人。说实话，他们很可能见过这个城市里所有的人。没有好眼力是不能开车的，没有人逃得过我们的眼睛。总会找到的……没有找不到的……”说到最后，他又将身体转回去重新面对厨房的方向，仿佛一段郑重其事的话语必须辅以身体的姿态予之开启和关闭。

妻子随司机向厨房的方向望去。仅仅是一个肢体动作而已，她的眼神里没有任何内容，目光的空无程度令人心惊，几乎令人感到一种能将一切化为乌有的消极力量。“哦，那么要拜托你多帮忙啦。”她面无表情地说了一句，但接着就露出讶异之色，好像完全没有预见到自己的话，好像她打了一个过于复杂的嗝，好像这句口头禅式的应答是一团由文字压合而成的卵石，坚实、圆滑，还没得到她的允许，就顶开她的嘴巴，自己溜了出来。

天快黑的时候，司机不得不告辞了。在喝了两杯水，以有关天气、疾病和职业的话题又拖延了一阵之后，他终于和黄昏一起离开了，携着鼓胀的膀胱，就像携着沉甸甸的命运。关上门以后，出于礼貌，妻子还在门口站着，仿佛被门切断的司机的目光具有壁虎尾巴的存活能力。她静静地站了一会儿，确认它已死去，才转身来到窗前，望着窗外发呆。

刺耳的轰鸣声透过玻璃渗进房间，沉闷了许多，变得瓮声瓮气的，构筑了一堵密不透风的墙，随着夜幕升起，逐渐向她逼近。在可见范围以外，一台橙色的吊车刚刚苏醒，支棱着一根伤痕累累的独臂在地上转悠。这只比例失调的巨型节肢动物，这个不可思议的杂交品种，一只螃蟹和一座碉堡下的崽儿，被轮子和铁制的履带剥夺了大海、沙滩和地基以后，开始在城市的废墟之中流浪。她闭上眼睛，将生活全权交由嗅觉来描摹，在自己的家里，在邻人的炊烟之中，在酱油和辣椒的呛人气味中揣摩某种并不存在的，却能隐隐予她以安慰的乡愁。她觉得有点头晕，觉得自己正以一种几乎无法感知的速度缓缓下坠。在一天行将结束之际，饥饿压倒一切——饥饿不属于任何人，整个空间都充满饥饿。

“该做饭了。”她走向厨房，走向她的领地，她的岛屿。中午采购的几只大闸蟹正蜷在塑料盆里吐泡泡，这是一种癫痫发作时的神态，可笑又可怕。通过玩弄这手幼稚的把戏，它们嘲笑了她，也嘲笑了自己。在它们活着时，厨房里反倒有凶杀的气氛、死的气氛，等它们死去，这里将只剩下好闻的香味、温暖的蒸汽和耸动的食欲。它们伟大的亲戚还在建筑工地上不断地兜着圈子，仿佛正准备摧毁一层套一层的、大大小小的牢笼把它们释放出来。

先取出适量的锅碗碟摆在洗手池旁，“好了！”她宣布一场战斗就此打响。青菜、青椒、番茄、猪肉、鸡蛋、土豆，以及葱姜蒜各就各位，酱醋油盐，当然还有鸡精，全部堆在她的面前，像一群自告奋勇的士兵在等待检阅。洗洗洗，切切切，这些块，那些片，这些丝，那些末。然后就点火，一拧，电子脉冲嗒嗒嗒响几下，噗的一声，一个灶头点着了，然后再点着一个，一边坐着一个锅，像两只冒火的眼睛。一个锅倒上水，一个锅倒上油。轮到抽油烟机了，不能忘记抽油烟机，抽油烟机是饕餮的鼻孔，是晚餐闹剧的伴奏乐队，是空间之饥饿的具象表现。它保持永恒饥饿的秘诀在于只嗅不吃，油烟是油锅唯一投喂给它的东西。

这是一种特殊的沟通方式，一个仪式。人们祭祀早已逸出体外的饥饿，以之代替祭祀神明。事实上，忘却饥饿便是忘却神明。那些古老的神祇被驱离人间，在空空荡荡的宇宙中被稀释殆尽。它们就是空间的饥饿。而牺牲者们，那些动植物的碎片在高温的炙烤下，被抽油烟机勾魂摄魄，掀起了一浪接一浪的烹饪的热潮。浪尖上站着身着围裙的大祭司，先生的妻子，脸上带着一种胸有成竹的轻蔑，双手以一种完全机械化的精确执行着每一步的操作。突然，她以通灵者的直觉捕捉到一个微妙的变化，在她背后，在厨房和客厅之间，一层并不明显的、奇特的、包含着少许温度的、形状不规则的阴影消失了。她停下了手上的活儿，开了灯。

无论是为什么……她告诉自己不必再继续自言自语了。

整个城市都被点亮了，所有的房间都一起睁开了眼睛。一个个窗口像一杯杯满溢的橙汁——其中一些色调更加寒冷的，也许更像柠檬汁。窗户被推开，积压了一整天的浑浊空气化为看不见的、充满倦意的洪水，四处弥漫，淹没行人。庞大的下班人群以一种无法作数学推演，却堪比化学反应的态势流动，如同雪崩，从上到下层层累积、汇聚，在每一座人造山峰的脚下，声势浩大地涌入同一个平面，又被数不清的毛细管道分流，从经济社会的宏大叙事中撤出，逐个退入私人领域。

太阳落山之前的最后一刻，城市美得像一个回忆，引得许多人驻足欣赏，包括先生的妻子在内。他们陷入恍惚，感到不真实，觉得自己进入了一种平和、美好的状态，但又对这种状态充满怀疑。有那么一个瞬间，他们觉得自己并不是自己，只是约等于自己。

如果说道路是城市的骨骼，汽车就是城市的骨髓。自有轮胎以来，驾驶——这种间接运动，或者说，这种二阶运动——就主宰了交通，连那些步行的人也不例外——与其说他们走路，不如说他们驾驶自己的身体。当所有人都专注于前方随运动变幻的风景时，闪电像一根璀璨的荆棘，刺穿了天空。接着，雷声轰鸣，发出一种具有猛兽的威严的声音，一种沉重的、艰难的，怒放的声音，你仿佛听见一座山像一朵花一样绽开。结伴的人说着闲话，落单的人左顾右盼。大雨降临世间，扑向人群与尘土。在貌似瀑布一般的夜幕落下以前，先生，一个樟脑丸一样的男人，已经所剩无几，并且仍在持续挥发。

4. 酒吧

日夜交替的自然法则——天空的时间印刷术，被城市涂改，以致面目全非。天闭合着，无法放出星星；地敞开着，无法进入梦境。日和夜共存，影和光并置，交替编织出一个棋盘一般的空间。经典已逝，从这本前所未有的书中，你读不出一个清晰的句子。宽阔的街道沐浴在彻夜不息的公共光源底下，巨型建筑物的面前是一幅令人格外疲惫的永昼景象，人们像一群有趋光性的虫子，以一种病态的兴奋漫无目的地打着转；而另外一边——只需转个身，拐个弯——那些黑灯瞎火的窄巷，以及巷内那些棋格一样狭小的房子却成了影子的码头，收容了无处可去的黑暗与寂静。

一辆停在巷口的出租车跨越、连接了明与暗，成为一个有着与黄昏和黎明相类的过渡性质的、神秘的临时处所。“就到这里吧！”司机说，然后就把先生撇在了遍地的污水和生活垃圾之中——这里是野猫的超级市场，里面可以找到一切它们需要的东西。先生感到恐惧，对于自己的这次追踪行动，他不只无法预计其后果，连其前因也已忘记，只有目前，只有这严峻的一刻，将他箍在瞻前顾后的威胁当中。他目送着司机，看着他的车越走越远，就像看着自己越走越远。

人和自己的关系正是这样，先生想。每当他需要掩饰自己的胆怯和羞愧，需要逃避自己的挫败感和自卑感，需要给自己一个交代的时候，他就会跑题式地思索无济于事的哲理。

他深思着，许多人以为他和自己是完全同一的，或者再怎么说，也是亲密无间的，但其实，在最好的情况下，它们也只是重合在一起。它们一起出生，所以不得不结伴走一段，但到了某个路口，总是要分开的。和自己分道扬镳，就是一个人的成人礼。这个成年人将继续独自前行，他的自己却掉头折返，一路走回起点。当自己离开以后，人便开始回忆，回忆正是一个人探望自己的方式。起初他看到自己在很近的地方，就在几个月或者几年前，但越是年长他和自己的距离也就越远。在回忆里，一个中年人看到青年的自己，一个老人看到童年的自己。一个临终的人可以看到自己的降生。基于这套公式，先生时常估算自己的寿命并时常告知自己：我们还有时间。

在出租车上的时候，先生根本没有时间来思考时间。现在情况紧急，我不能再胡思乱想了，必须行动，立刻行动。雨势劲猛，仅仅一个瞬间，一个天上的湖泊就被整个倾倒下来。手无寸铁的先生在几片乌云的火力威胁下，对自己的莽撞悔恨不已。我在干什么？我是怎么了？镇定，镇定。精神是不会感冒的。先生开始抱怨自己的大惊小怪。我真像一个孤陋寡闻的农民！

车辆的长龙搁浅在道路上，头尾均不可见，时走时停，艰难前进，像河流抵抗冬天。先生想起少年时代一次吃流水席的经历。那时的他，身披蓝色雨衣，正在爬一道坡。在坡顶，一列帐篷一字排开，桌席就摆在帐篷里面。先生跟着远比他年轻的父母，走进人声鼎沸的帆布长廊。灶台就设在头一间帐篷的门口，掌勺的被烟雾裹在里面。火在炉膛里沉睡，生火的人蹲在旁边，用火钳温柔地逗弄它滚烫的毛发，嘴里呢喃着亲昵的悄悄话。在大锅里炖着的海味，是年幼的先生从未见识过的，也许是哺乳期的美人鱼。他们从两排圆桌中间的通道往里走。由远及近，人们的面孔在雾气里忽隐忽现，如同一条琉璃巨蟒身上闪烁不定的鳞片。为了彼此交谈，他们大喊大叫，手舞足蹈，但速度都被放慢了，慢到已经不可理解。先生记得，宴席是为奶奶的葬礼而举办的—— 一个活了八十岁的老人，被死一饮而尽，但又觉得这可能是一个梦境。

一逮到机会，司机马上变道，驶入空旷的小路。他的动作娴熟自如，仿佛启动了一个隐藏在方向盘底下的机关，打开了一条专用的秘密通道。车速不断提升，两侧的景物飞速掠过，根本来不及在眼中凝聚成形，窗外的空气好像长出了爪子，在湿淋淋的玻璃上刮出一道道尼龙布般的纹路。方向盘时不时地还会转动几下，但车内的人却感觉不到车在转向——速度捋直了道路，先生觉得自己一直都在坠落。一阵颠簸之后，他们又被抛回了铁皮和橡胶的轮回之中。熄火、点火、启动、刹车。发动机忍辱负重的喘息声又萦绕在脑后，像理发师的剪刀，喋喋不休。司机又开始不遗余力地咒骂每一个穿过马路的行人和每一辆抢道的汽车，仿佛他作为一名司机，作为汽车的朋友，要替发动机出口恶气。

他想要强调自己是一个暴躁的人，似乎这暴躁出自他的专业优势，能给他带来某种敬畏。吊诡的是，他的话不只没有其他人听见，连他自己也听不见，汽车扩大了他的内在，车内的空间便是他的心理空间。无论他多么暴跳如雷，从车外看，他的形象始终是镇定自若的。

出租车停在一个紧张兮兮的女人面前。“去哪里？”司机问。女人手指着西边，报了一个地名，一躬身钻进了车里，就像被一只手塞进了罐头里。一直向西，一条毫无戏剧性的路线，一直向西，向西。他们像是在一座大钟的内部，正向着钟的边缘行驶。掩在天空背后的齿轮从未停止转动，在他们前方，唯一可见的指针——太阳——正划出尘世，落入神秘。在世界的另外一半，未知的洞穴散发幽暗的诱惑，受此召唤，一面欢呼一面坠落的，不是那辉煌的球体，而是时间本身。

他们驶入了城市的一个伤口，在一段被铁锹和铲车还原成耕地的道路上，放慢了车速。在坎坷的黑泥中储存着一种仿古的动能，一种从奔马的脊背分离出的起伏向前的动能。汽车不像是用轮胎，倒像是用脚在走，谨慎得如同一个在陌生的山村里行夜路的人。大雨带着淋漓尽致的满足和太阳一起隐去，在过去的某个时刻，月亮仿佛一颗透明的头颅，被挂在了天边儿，脸上浮现出一抹轻描淡写的、欣然的、死者的微笑。雨后的城市，好像刚刚被打捞出来，从一片比海更深更宽阔的忘川之中，悬在一只白鸽嘴里的一根嫩绿的橄榄枝上。而先生，垂钓记忆的人，径自走进了城市的另外一面——古老的、神话的一面。

阴暗的巷弄里影影绰绰，充满威胁。过去我并不是一个怕黑的人，可现在却疑神疑鬼，可能正是因为我变成了鬼，鬼更怕鬼，就像人更怕人一样。先生的密度比空气稍高一些，这使他在没有双脚的情况下，仍能感受到一种可以称之为“脚步”的节奏，尽管总需在长时间的漂浮之后，在他几乎就要忘却的时候，才会有那蜻蜓点水的一下。他在类似登月者的慢速跳跃中打量周遭的环境。就在前边，路中间，一只猫横卧在血泊中，其实，那已经很难算作一只猫了，只像一块长了尾巴的地毯。不久前，一只车轮刚刚碾爆了它。

一种极为锐利的危机感和一种极为深沉的虚无感拧在一起，绞成了一个尖叫的旋涡。先生感到天旋地转。他看到土地突然裂开，像两排牙齿，恶狠狠地将送到嘴边的树木、房屋和人一口咬住。道路仿佛绷得太紧，被突然释放的张力推挤，向内塌缩，节节折断，片片粉碎，被塞进大地深不可测的肠道之中。大雨过后，在洪水踏出的巨坑里，鼓胀发白的人体一具挨着一具，像一些变质的袋泡茶，将水洼染成一片血色。我宁可相信这种事真的发生过，不然的话，单是想象也是罪过。在幻象之中，毁灭与重建都是一瞬间的事情，就像拼图游戏：被灾难拆散打乱的一切也会依照一套逆转的逻辑快速地复原。仅仅一眨眼——对于先生来说，眨眼不是一个动作，而是世界的一次闪烁——他又被拽回到庸常的现实处境中：一个夜晚，一条小巷。他的视角对着天空，月亮在天边猛地摇晃了几下，好像挣脱了绑缚，突然滑向他的另一侧，街道迎面飞升，像笔直的、高不可攀的悬崖整个砸向他，然而，本该力发千钧的一击却出乎意料地温柔，它只不过不轻不重地撞了他一下，便以一艘船触岸时的矜持与羞涩，靠着他，和他依偎在一起。最近一次跌跤的经验提示他：我晕倒了。

借着这次异常中断，先生短暂地恢复了昔日的自己：一个偶然会晕倒的人，一个平凡的人，一个漏斗般的人——将一股脑接下来的人生一天一天漏完。从第一天开始，他就厌倦了。天最好晚一点亮，天一亮就要醒过来。但怎么可能呢？怎么能醒来呢？我没有睡过，也没有醒过，或者说，无论是睡是醒，我都只能占用自己的一半。就用这一半，做那些不得不做的事，见那些不得不见的人，解决那些不得不解决的需要，生理需要、心理需要，各种需要。

对于床的记忆慢慢地从身体里涌出，包裹着他，先生感觉自己像一条鱼或者一只鸟，在一种四处不着力的舒适感中漂浮。奇怪，我这么大的一个人，是怎么装进一颗茧里的呢？他缓缓伸展身体，像在空间里徐徐洇开的一点墨迹。借助他曾经所属的物种对于直立的熟练和自信，他的视角—— 一个敞开的方盒子，一半是虚虚实实的黑暗，另一半是雨后城市的一个片段——被扭过了九十度，重新把天空和地面撑开，重新将两者分别定义为上和下。在一片寂静中，在一片对天意表示默认的寂静中，再次被命运抛上半空的先生俯视着硬币的另一面——他的影子，一个五体投地的月光崇拜者。一切都已经不可挽回地发生了。

流浪的人对脚步的执念往往是消极的、被动的，既然没有一个目的在吸引他，没有一个愿景在推动他，那么，他之所以从不停留，只是因为处处受到空间的排挤。先生感到自己如此多余，只好一直朝前走，窄巷，冷月，没有星光的夜晚，构成了一种极端形式化的孤独。这种机缘巧合的、了无依靠的、极致的孤独，给了他一种超脱感，一种闪电般短暂的顿悟。他以为自己正跋涉于本质之中……

小巷在自己的尽头以一个拐角的肘击打醒了他，一间酒吧，一个用音乐与霓虹编织的罗网，一下子套住了他。先生又被世界捉了回来，又被投进了牢不可破的泡影之中。

酒吧：夜的心脏，夜的钻石，地上的星辰……在某种程度上，甚至可说是夜的全部精髓。它和夜一起醒来，一起睡去，在它之外，夜只有无尽的空虚。酒吧不知疲倦。在稀薄的晨光以玫瑰色的腹部孵化露珠之前，在黎明以朦胧的灵感草拟一天的初稿之前，这孔雀般的建筑将会一直闪烁不休。它剔透的门窗会像手术刀一样切进城市的黑色病变部位，对于这个冰冷的、坚硬的夜晚，从刀口中输入的迷狂与躁动是唯一的治疗方案，但却是绝对无效的，是标准的饮鸩止渴。酒吧象征着夜晚的现代化，但酒吧里的人却极为古老：这些不甘寂寞的人，这些追求热闹的人，这些眼睛布满血丝的人，这些绝望得大笑的人，这些咬牙切齿地仇视生命的人。

在这里待一会儿吧，看起来只有这里才有可能欢迎我，这里除了欢迎不会有别的态度。我需要被欢迎，即使这种欢迎只是出于商业目的。然而在这个友善的地方，这个亮堂得、吵闹得令人安心的地方，也隐伏着某种饱含敌意的、阴暗的、无声无息的异动。一个无法证实的发现让先生寒毛直竖，就像一个人在黑暗中把握十足地指出自己看不见的、似乎根本不存在的手臂的位置——这是一个不言自明的发现。猫来了。背后印着轮胎花纹的、扁平的微型猛兽，像孩子手里的折纸，从死亡的平面上被慢慢地扯出来，歪歪扭扭地站起身，拖着血肉模糊的内脏颤颤巍巍地向先生走来。它的身后跟着数不胜数的纤细阴影，在阴影中，有更多的碧绿色的珠子在无声地滚动。这些燃着幽冥之火的灵物牵出了一串镌刻在夜空背后的形象，使那些纠结在一起的肮脏的、倒竖的毛发，轻若无物的骨架，傲慢的步调和能够避震消声的、带肉垫的脚掌，像泡在显影水中的底片，依次从夜色之中渗透出来。猫来了。就好像在先生和这群食影的家伙之间，有过什么不见不散的约定。没事没事，还好还好，一切没有变得更糟。这些猫令人害怕，但更可怕的是那些始终在逼近，但却根本不会发生的事情。它们向先生逼近，轻蔑地、漫不经心地，甚至不把他视为猎物，而仅仅看作一堆唾手可得的腐肉。第一只、第二只……它们逐个到达，像一些藤类植物，以生长的而非运动的姿态，不动声色地拖着从夜的土壤中生发的黑色枝条，爬过潮湿的沥青路面，从刺鼻的烟雾中探出带血的爪牙。

酒吧里的节目正在进行，很可能正处于关键阶段。一个身材高大的胖子，面目狰狞，赤裸着上身，刚刚把一只紧握的拳头塞进嘴里。这几乎称不上是一个表演，也许稍具难度，但幼稚、拙劣，勉强可以逗人发笑，却谈不上有什么观赏价值。酒客们对其嗤之以鼻，无聊地哄笑了一阵，但很快就发现方才的一幕仅仅是一个开始：这个男人正在吞食自己。惊愕令他们安静下来。在胀得发紫的脸上，在极度痛苦的喘息声里，在饱含泪水的眼眶和暴突的眼球之中，找不到半点给人以宽慰的暗示。一切毫无机巧可言。这不是杂技，更不是魔术，是一个人正疯狂地、决绝地，以最为彻底的方式否定自己、革除自己。他像一条蛇一样吃力地做着吞咽的动作，在遭遇阻挠时不得不把已经吞进去的部分先吐出一些，再换个角度继续下去。没过多久，肘尖以下的部分都已没入嘴中，他停了下来，走到吧台和酒桌中间讨要喝彩。这种变态的、惊世骇俗的食欲令客人们感到恐惧，一些喝醉的人难以自抑地呕吐起来。只有一个坐在窗边的男人，似乎见多识广，脸上现出一种只属于行家的轻视和厌倦之情，扭过头看着窗外。

一阵风从屋顶和地面掠过，像瞽目的夜空抚触盲文的手，有时只是一扫而过，有时则会打几个转，停留片刻，谨慎斟酌着在起伏和棱角中表述得不够清晰的意义。先生在夜风的吹拂下猎猎作响，当然了，他子虚乌有的身体挂不住一丝气流，声音主要出自在影子上堆积起来的野猫的丘陵。保不住了，保不住了。在舔舐和吮吸声中，先生饱受凌迟之苦，只能设法给悲观的思想披上豁达和认命的语气。他继续虚弱，继续等待，像一件祭品捧着自己，眼看着那些吃相难看的神祇瓜分自己。这种悲壮的，对自己的袖手旁观成了他所能发出的最有力的抗议。突然，一只酒杯砸在了餐桌上，像一粒泡腾片投进如水的寂静，猫群在尖叫声中如泡沫一般飞溅，并最终散去，退入夜色之中。

救星就站在酒吧门口，脸上挂着一个看不真切的，但同时却让先生觉得相当眼熟的苦笑表情。这人刚刚离开自己靠窗的座位走了出来。此刻，酒吧里的胖子已经完成了他的工作，只留下孤零零的双唇悬在表演区的中央，以细若游丝的语音宣布演出结束。说话的仿佛不是这张嘴，而是一个挂在嘴边的渺小的人。在同观众道别之后，他就转身走进了嘴里，向着一个遥远的地方，一个有去无回的地方走去。

5. 访客

一日之际，向来如此：黑夜像一道疤从一个窗口被揭掉。一个人走向窗前，眼中噙泪，饱含甜蜜与痛苦——若仅以“疲惫”命名他此刻的状态，那就太过轻描淡写了，他被昨晚的梦焚烧殆尽，看上去几乎是个死人。曙光初现，整个世界像一阵从镜子里涌出的洪水，道路、建筑和夜不归宿的行人扑面而来，在一瞬间淹没了他。如此具体、如此圆满的形象，却被距离，以及他者的眼睛抹除了所有的细节。先生抬起头，只看到在混凝土的乌云之中打开了一个小小的方格，而那位处在上帝的高度，对人世充满悲悯之情的先知，只不过是格子里的一个火柴人般的黑影。先生低下头，重新专注于应付狡诈的行程：路所以能无穷无尽，诀窍在于它总是抽掉身后的一截，再将之补缀在他的身前。

汽车喇叭此起彼伏，一个看不见的孩子在大声啼哭，一个中年妇女对一辆与她擦肩而过的摩托发牢骚，一辆自行车徒劳地叮当作响，两条狗互不相让地狂吠，一家两元店传出以广播腔录制好的叫卖声……众生嘈杂的开场白塞满了这个忙碌的早晨，似乎一切都在那一刻得到了充分的，甚至过度的言说，可是，所有声音交汇在一起，却构成了一阵密不透风的沉默：人们什么也没有听见。这阵满溢而非空洞的沉默简直像极了语言——整体的、本质的语言。语言撬开了我们的咽喉，点燃了我们的舌头，其本身却哑默无声。它无法自行“说出”。

熙熙攘攘的人群，在汽油、灰尘、垃圾和油条的气味中蠕动。几对偶遇的熟人，被迫停下脚步，顶着人潮，彼此寒暄起来。在陌生人的海洋里，人们浮在各自的保护性的冷漠之中，社会人格尚未完全苏醒，在猝不及防之下，往往会做出可笑的事情——将问候用作道别，或是表现出愚蠢的与人攀谈的热情。不知出于什么原因，几套制服排成整齐的一列从街边走过，机器般挥舞着笔直僵硬的袖筒匀速前进。背书包的孩子们在人丛中穿梭，追逐着彼此，神经质地左顾右盼，像是在躲避什么敏捷的、能够给他们造成伤害的东西。

街上太挤了，仿佛所有的房子一股脑地把人全都倒了出来。当然也有例外，在先生家的楼下，一个年轻人正在揿防盗门上写有先生家门牌号码的呼叫键。通常来讲，在这个钟点，妻子一定在家，女儿多半不在。对于这个家庭的种种事务与安排，先生自认为是当仁不让的专家，但生活毕竟是叵测的。被流放的一家之主不仅任由不速之客叩开了自家的门扉，还得做贼似的尾随他从门缝挤进去。年轻人把两级台阶并作一级，闷着头向上蹿，顿地有声，如同一只攀岩的猴子。在他们的头顶，先生的女儿就像古董钟里的报时鸟，冷不防从楼梯扶手上探出脑袋，喊了声“喂”。危险的年纪，用不完的精力，闯不完的祸……年轻人啊，一群甜美的野兽。我们爱他们，我们恨他们，我们告诫他们要守规矩。我们希望他们成为我们，只是因为我们无法成为他们。

妻子去哪里了呢？多年以来，这所房子几乎就长在她的身上。什么事能叫她离开它？什么事能叫一尊佛像走出他的寺庙？除了她以外，缺席的还有由她代言的家庭秩序——克制、节俭，俗气的整洁。早就天明了，但灯依然亮着，收视率为零的时段，电视机自行其是地闪烁，有一种与玻璃笼中的动物相似的忧郁。女儿将零食包装袋随手撂在沙发上。男孩不肯换拖鞋，光着脚满地跑，像野地里的鹌鹑，踩得到处都是趾印。她还从冰箱里拿我的啤酒给他喝，为什么不先叫他把蹄子洗干净？两个忘乎所以的年轻人虽屡有狎昵之举，但对于这个房间里长年不散的禁欲主义气氛仍颇为忌惮。有时他们紧紧贴在一起，有时又分开一阵，他们几乎不敢沉默，害怕被沉默导向某个危险的决定，他们轮流给对方讲笑话，故作轻佻，刻意显得心不在焉。在他俩的身上，时间飞快地疾驰了一个小时，可在先生这边，它还在慢慢地向下一秒踱步。

“你不会说笑话，一点也不好笑，我听腻了。”她怜爱地看着自己的双手，就像看着两只被拴在手腕上的鸽子。

“那我们就来探讨点严肃的问题吧！”男孩拿腔拿调地说，“我们来谈谈人，谈谈生命。生命在于什么？生命在于繁殖……前几天，我看了一部话剧。说的是四个人在一头大鲸鱼的肚子里建立了一个国家的故事。”

“啊？你还看话剧啊？”

“嗯。平时很难看到别的人说那么多话……那么多充满意义的唠叨。我从头给你讲啊。在未来……不知道具体年代……人都失去了繁殖能力，也没有了欲望，性别已经没有意义了。世界正处在剧烈的转型期，那个时候，多数人都是用完美的基因技术制造出来的，从‘诞生’之初，就有着明确无疑的生存目的。他们的基因预设了他们的个性和天赋，他们的个性和天赋又决定了他们的职业和他们的社会角色……同时，还有另外一批人，最后一批从子宫里被生育出来的人，那些充满了不确定性的人，由于被认为是不稳定的、不安全的和低效率的，他们被主流社会排除，成了边缘人、流浪者，成了社会秩序的主要威胁……当然，不用多久，这些威胁就会自然解决……他们就快死绝了。故事一开始，两个海盗，两个自然人，劫持了两个新人，两个科学家，还一并劫走了他们的研究成果——一台不知道用途的机器，一只巨大的铁鸟。

“那两个海盗，一个是独臂，一个是独眼。像所有古老的、式微的族群一样，这俩人也有一种可怜巴巴的骄傲。海盗们说……”男孩挺了挺身，换了一副戏剧腔，接着说道，“‘我们还没出生就住在肉身的宫殿里，不像那些乞丐，他们就跟口痰似的被吐在地上。神造和人造，区别就在这里。’

“这两个残废不知道已经活了多久了……两个很有意思的家伙……他们每一句都带脏字……满嘴性器官……在这出和性的退化与消亡有关的戏里，这种语言方式既可笑又悲壮。我来给你学一段啊……独臂海盗说的……‘每次一发脾气，我的幻肢就会疼。你的那只狗眼也会疼吗？真要命，怦怦跳的神经抽打那些不存在的肌肉，就像在弹空气吉他……我真该改一改……好脾气的必要性还是比不上杀人越货的紧迫性，不然我也出家当个吃素的和尚。现在可不成，我还得靠着火气拼下去，我吃各种肉，我吃各种鞭，马鞭、驴鞭、骆驼鞭、虎鞭、牛鞭、熊鞭、大象鞭、鲸鱼鞭，还有人鞭……虽然我很少吃。咱们的第一性征，现在就只剩下那么一点食用价值了……哎呀，哎呀，我这疼啊。

你他妈的，你说说，切掉你的鞭，你还会不会蛋疼？’

“戴着一只眼罩的独眼海盗说：‘我这可不是狗眼！是变色龙的眼珠子。’”男孩仰着脖子，吐了吐舌头，模仿变色龙捕食苍蝇的动作，“‘你懂吧？对于变色龙，时间是很慢很慢的，它看你也是慢动作。用这只眼睛看东西，会看得更多，都是细节……但太多了，没完没了的细节……耐性是个大问题。所以我把它蒙起来……’

“独臂海盗又说：‘变色龙！好嘛。这样的眼睛，我也想借来一用。就借一天好了。换这只眼睛看世界，这一天总也过不完……接近永生的一天！’

“独眼海盗看上去有些不屑，回答他说：‘除非你比子弹还快，不然的话，相信我……被无限放慢的一切只会让你无比厌倦，你能想象天天戴着一只显微镜过日子吗？你只会看到一种近乎永恒的衰竭。你还能搞女人吗？请原谅，“女人”是个犯忌讳的词……“搞女人”这件事倒是……一个宗教行为……我的意思是……无论男人还是女人。那种消磨一切的慢速，会让你觉得，你进入的不是那个玩意儿，而是虚无……何况，在这只眼睛和那只正常的眼睛之间会出现时差，你的整个人会被一分为二，一边慢条斯理，一边急不可耐，你甚至没办法协调你的两颗睾丸……不行啊，不行啊！我留着它，只是为了在临死时看最后一眼罢了……’

“独臂海盗叹了口气，说：‘那我还是留着我这对“本来”的眼睛吧。神奇。真他妈的神奇！“本来”总是最合适的、最优越的。所谓恶，就是对“本来”的偏移，所谓善，是对这种偏移的纠正。但这“本来”却是最难把握的两个词之一……另一个是“现在”。我缺少直接的感觉能力，在“现在”变成回忆之前，我从来都不了解它，甚至根本没察觉它。不不不，我还是想借一借你那只眼睛，它能帮到我，让我哪怕能捉住一个“现在”也好……唉，“现在”和“本来”，我的两颗睾丸，看来我是没法兼得了，要留下一个，只能割掉另一个……’”

女孩打断他：“你别演了……他们后来怎么样了？那只铁鸟究竟是什么东西？”

“铁鸟是什么，戏里没说明白啊……那两个科学家被海盗严刑拷打，其中一个是硬骨头，不但不屈服，还讽刺他们、咒骂他们；另一个就差劲了，还没挨打就招了，但是奇怪了，只要他一张嘴，舞台上就会起一阵大风，叫他出不了声……就算出了声，他们也听不到……你说，骨气这种东西也和基因有关吗？

“他们这几个人鸡同鸭讲，纠缠了半天，幕就落了，舞台整个进入黑夜。幕再升起来的时候，这几个人……两个海盗和两个科学家，连他们的船一起都被一头大鲸鱼吞进了肚子里。为了求生，他们决定合作。你看……同样是求生，但他们其实很不一样。那两个被女人生出来的，他们就是想活下去而已……那两个像盆栽一样被种出来的，他们的命运早就被种子决定了，他们要继续活着，是为了让它完全实现……谁也没在鲸鱼的肚子里生活过，但看上去也不是多难的事儿，那里面虽然臭烘烘的，但鱼肉多得怎么也吃不完。海盗们在流亡中习得的生活技能，保证了这几个人的生存；那两个科学家则用他们的大大小小的发明让他们过上了一种井井有条的、现代化的生活。在第三幕当中，鲸鱼的肚子里已经是应有尽有，简直成了一座微型城市。有各种各样的机器生产各种生活所需，有应付各种突发状况的防御措施，甚至还有各种娱乐项目……多数东西都是不必要的……他们不是鲁滨孙……人嘛，首先是活着，在确保活着之后，就要对付无聊，否则，只要一闲下来他们就得问自己：我为什么非得活着？”

“我的天，这鲸鱼的肚子得有多大啊？”女孩突然神经质地笑了起来。

“不知道。我已经说过了，谁也没在鲸鱼的肚子里生活过……舞台倒的确是很大的……不过，他们又怎么能百分之百地断定自己在鲸鱼的肚子里呢？说不定他们是在一座会吃鱼、会喷水、会唱鲸歌的地狱里。他们，他们四个都克隆了若干个自己。可能也是因为无聊……或者出于某个根深蒂固的本能……这个临时国家开始进行各种政治实验。关于制度的，关于发展远景的，关于每一步执行方案的讨论从没有停止过，他们一会儿达成了共识，一会儿又发生了分歧，反反复复，一会儿互相攻讦，一会儿又彼此附和，来来回回……你看，我前面说过，海盗们是自然生育的，科学家们是基因工程制造的，他们的生命本质是不同的……海盗们，还有克隆海盗们，每一个都是不确定的，都有无限的可能性，无论多么相似，也绝不会相同……可是科学家们……他们和他们的克隆人都是完全一样的，是高度统一的，迈着同样的步伐走向同样的目标……所以你看，所有的争论都不可能有积极的结果，悲剧是注定了的。那些人，海盗们为了自身的存续组建了社会，而那些科学家，他们不需要什么社会了，他们本身就是社会发展的终极形式，他们是同一的……”

“那最后怎么样了呢？海盗们还是被灭绝了？”女孩问。

“你太天真啦。”男孩得意地，真理在握地说，“生命本身就表现为不确定……它依赖疑惑，依赖犹疑，依赖争论，依赖那些反反复复、来来回回的事情……如果一切都是注定的，那有什么必要再去经历一次呢……那种唯一目标导向的集体是反生命的……它所追求的高效的同一，倾向于取消过程，取消生命。所以啊，他们最后都死了……海盗们一旦灭绝了，科学家们就直奔目标而去，在目标实现的那一刻自我消灭……”

“他们的目标实现了？那是个什么目标啊？那铁鸟怎么就再没出现了？”女孩又问。

“实现了。那铁鸟就是他们的目标……要不就是那只终于被修正完善的铁鸟将会更迅速地、更高效地实现他们的目标……所以他们就没有存在的必要了……别问我铁鸟是什么，戏里没说……落幕之前，又起了一阵风，那阵风的台词特别有意思！”

“风还会说话啊？”女孩捂住嘴，眼珠子转了几下，带着一种既狡黠又愚蠢的神态说道，“你以后都不用再讲笑话了，你严肃的时候比较好笑。”

“台词是演员说的，有演员扮演风的嘛……说不定那不是普通的风，那风是从那铁鸟的嘴里呼出来的……台上的人都退场了，那台词是风直接对观众说的哦……”男孩灌了一口啤酒，清了清嗓子，郑重其事地说，“风说：‘风来自风，风带走风，风自生自灭……我说什么呢？风声！

除了这个，我还能说什么？我复述我自己罢了。我是一本天书，你们读不懂我。我是旷野的声带，我是空间盛放不下的倾诉欲，你们模仿不了我。你们那天文地理博古通今全球化通货膨胀的大舌头说不出空旷的语言，你们不能靠讲话越过自己的皮肤，你们如果不被关在笼子里就会消失。我知道你们对我的西北口音有意见，你们管我叫西伯利亚来的冰冷的野种。野种令你们嫉妒，它让你们想起你们失去的，你们向来不具备的放荡，那胜过你们的道德。你们唯一不加节制的东西就是你们的语言——你们嘴上的和你们肚子里的，你们根本停不下来。其实哪里有什么风？从空无一物的洞穴里呼出的气流，是你们在拔舌地狱里发出的嘶喊：呜……呜……嘘……嘘……'"他停了一下，补充道，"对了，这戏当然是有名字的……叫《沉默》……"

"就这样啊？莫名其妙嘛。《沉默》？这和你说的繁殖生命有什么关系？"

"有啊，你没听出来吗？生命的本性就是繁殖，繁殖让一成为多，但我们的社会，我们的大大小小的组织……比如说，家庭……都有一个潜在的目标：让多返回一。其实啊，只有死亡才是最后的一……也不知道你爸咋样了……"

两人沉默了一阵，先生看着女儿慢慢地在沙发上躺倒。像一把折叠小刀，她的身体被收进了她的影子里。我才是一阵风啊。先生从天花板底下掠过，俯视他的客厅——世界的一个小小的中心点。他看到正方形马赛克瓷砖拼出的三角和菱形图案，看到矩形的门窗、立柜，以及各种球状、柱状、锥状的摆设和器皿：此处，家庭呈现为一个几何困境。

女儿像一颗待摘的果实，光鲜、圆润，令培育她的农人感到痛苦。仿佛他知道，她必将变成一个怪物。事实上，她已经成了一个怪物，她嘲笑他，蔑视他，唾弃他。她背叛了他。她的骄傲与他的卑微，她的精致与他的寒酸，她的享乐主义与他在泥泞中的劳作很不相称，甚至是格格不入的，她以她的不属于他的美丽给了他致命一击。而那个男孩，那个入侵者此刻正慢慢地俯身下去，伏在她的身体上。这种只有年轻人才可能实践的，蛮横的、势必会造成破坏的亲密让先生感到窒息。她这样怎么对得起我？他们还要做什么坏事？幸而电话铃声适时响起。

女孩接电话的时候，男孩站起身，在穿衣镜前晃悠，反复地被一把光的利刃一分为二，然后又自行合拢。镜子是现实的伤口。他和自己的倒影嬉戏，让它在镜中进进出出，时不时地还会突然转个身，想试探它的反应——由于无法将面孔转向自己，他不得不求助于镜子的转述，然而，外物终究是不可信任的。听到挂电话的声音，男孩仍旧面对镜子，开口问道："有事吗？""他们要回来了。""你妈？还有谁？""我妈和我爸……你该走了……"

女儿送年轻人离开了，世界突然安静得像一块墓地。先生将目光投向窗外。结在玻璃上的霜恰好正在融化，透过窗口望出去，一片氤氲中闪动着点点晶莹，视线仿佛穿过了一片雾中的珠帘。街道温柔得近乎溪流，似乎正沉浸在自我缅怀之中——街也有童年，那时它只是一条小路，细幼、静谧。适逢午后，一座座楼房浮在阳光里，看上去极不真实。薄得像纸一样的屋顶，一片连着一片，似乎只勉强能够经得起天空的分量。小区里，几乎每一棵树底下都坐着一两个发呆的老人，为数不少，但都独自一个，仿佛一排沙漏正在做着自我计量。

他们回来了。先生看到他们就在下面，但还没能一一辨认他们。妻子走在最前面，身后跟着的那几个风风火火的家伙，好似京剧里的龙套角色。他们几个人，脚步起起落落，片刻也没停过，但在先生看来却似乎根本没有前进。他们的影子像蝙蝠一样挂在他们的脚边，他们的脸上空无一物，如同那些卸掉了门窗，只留下几个黑色窟窿的破败建筑。人是风洞，但语言不是风，语言只是风在洞穴中的回声。他一直盯着他们，片刻也不敢把视线移开，仿佛通过看着他们就能够拒绝他们，仿佛相信他们只要陷在他的目光里就走不动了。

他们回来了。先生的心情就像一个离家已久的人在多年后返回故乡——一路上，与童年相关的事物时不时从眼角闪过，像在记忆中倏忽明灭的火花，但愉快并未如约而至，在他看来，那种急欲还魂的亲切是极为荒谬的，他曾经的儿时玩伴，那些溪流、树木和炊烟仿佛从化石中跃出，现出一种鬼怪般的永葆青春的姿态，令人感到震惊、悲哀。

他们回来了。他的妻子、他的两个熟人和那位司机，还有一个人被夹在他们之间，先生看不见他的脸，但认出了他的衬衫，对于那件衬衫，他真是再熟悉不过了。天空极蓝，蓝得不太正常，城市有一种海市蜃楼般的虚幻感。一朵云飘过，充满了未知的预兆，先生盯着它——就像在一个不眠之夜，盯着一个洁白的，久久徘徊却迟迟无法进入他的梦——直到它绕到一栋楼的另外一边，再也看不见为止。在楼下，他们一个跟着一个进了门，像一列乌鸦驶进了他的命运。先生这才突然惊醒，仿佛方才看到的东西不可能直接进入经验，所以非要在此刻通过回忆才能抵达他。他看到了，什么都看到了，那个人，占有他曾经拥有然后又失去的一切：他最喜欢的衬衫、他的眼睛、他的牙齿、他的鼻子、他的肚子、他的腰椎间盘、他的颈椎……一块专为他预留的空间……还有，他的名字。他听到有人叫了他一声，接着，钥匙插进锁孔，门开了。

他突然弄懂了这个置换的魔法：他以为自己在看世界，其实是世界在看他。他所面对的，是一个巨大的，每天只眨一次的眼球，而他自己才是那个被凝望着的、避无可避的、茫茫一片的，空无。

6. 归来

家里每天都有暴风雪。他以为自己实现了去南极的梦想，实际上，他只是住进了一台电冰箱。自洪荒时期以来世代运转，以生与死的温差主宰了轮回的巨型冰箱——我们称之为“阴间”的死荫之谷——被后现代世界切割成无数白色立方体碎片，摆在每家每户的厨房或者客厅里。每一台冰箱里都住着几百个幽灵，这种抽象的制冷物有着完美的伸缩性，事实上，体积对于它们根本毫无意义。有时它们很大，却可以栖身于立锥之地，并在其中保持庞然的形体；有时它们很小，小如一粒微尘，却足以填满四野的辽阔。它们位于世界的底层，它们是存在退潮后余留的寂静。

许多天来，先生常常站在一个鸡蛋盒的边缘，看着他的这些透明的同伴，这些永恒的冬季的居民无声无息地游来荡去。他看着他们，就像水中的鱼看着岸上那些无法触碰的东西。据说，他们每一个都是一颗星辰——曾几何时，天空就像半颗石榴倒扣在大地上，在拥挤的，璀璨如钻石的石榴籽之间，漫溢着芬芳的紫色汁液——现如今却全都在城市的五光十色中熄灭了。

一位自刎的将军身着铠甲坐在一袋火腿片上，手里捧着头，就像捧着一颗蜡制的、长毛的地球仪；一个爱美的女人，借冰箱内壁的反光对镜梳妆，时光仿佛一只扛犁的蜘蛛，从她的脸上爬过；一个委屈得哭个不停的小孩抱着一颗土豆卖力地啃着，但是连一块皮也没能咬下来……更多的幽灵，作为个体毫无特征，他们作各个年代的各种打扮，三三两两结伴而行，他们看起来是夫妻、是父子、是母女、是伙伴、是战友，是一家三口、一家四口、一家五口，他们在水果蔬菜和冰冻饮料之间穿梭，从冰箱的一侧走进来，又从另一侧走出去。究竟死过多少人啊？跟死人相比，活人实在少得可怜。

最让先生感到亲切的幽灵是他的奶奶。奶奶总是伸着脖子，靠着一盒牛奶，一动不动地坐着。老人的头看上去像一颗蔫掉的水果，她的嘴巴久久地做着一个向内吮吸的动作，就快把她的整张脸都给吸进去了。奶奶的沉默令先生感到忧伤，她似乎根本不记得他，或许她只是想让他理解她在落幕一刻的感受，想让他理解一个鬼魂在自己葬礼上的孤独。

有时，在冰箱拉门开合之间，他会伺机蹿出去。有时他的确成功了。他溜进厨房，溜进客厅，溜进卧室，甚至溜到面街的阳台，纵身一跃，跳进人潮之中。但每每当他以为自己已经成功逃脱的时候，一眨眼的工夫——的确像是世界的一次眨眼，一种轻微得几乎无法感知的力量，恰如睫毛一挑，就将他拽回了那个房间，那台冰箱，那个他总是站在上面发呆的鸡蛋盒边。我被拴住了，拴在那个总在犯迷糊的家伙身上。先生试着将那个犯迷糊的家伙当成被他脱掉的一件衣服，或是被他饲养的一只宠物，然而，此人的懵懂却绝非一种无害的、去人格化的惰性，蒙昧的梦游状态并未使他无辜。他那种令人痛苦的、伤人的沉默悄然瓦解了一个家庭赖以成立的所有仪式感。他的家人对他束手无策，不知如何将温情注入一块石头，可一旦她们对他犯下冷酷无情的罪过，审判便即刻来到她们的心中。生活滞重难行，她们才是被钉在十字架上的人，她们的自责使她们的身体缠满了荆棘。对于我这样一个中年男人，谁又能怎么样呢？

有时，先生会特意溜出去和他待在一起。他长时间地观察这个中年男人，尽管多数情况下，他只是以一个颓唐的姿势窝在一把椅子里。他从他的身上感觉到的陌生，达到了令人恐惧的程度，但同时，他也能从他那里收获一种醉人的亲密，这种超乎常理的亲密甚至能够让他们分享同一份孤独——双倍的无援感，“对影成三人”的孑然一群。

他实在太了解他了，他胃痛，总是失眠，他的颈椎像一条蛇一样不眠不休地啃着他。他本来有一副游牧民族的体魄，但被过量的烟酒、不良的作息，以及半个失败透顶的人生破坏得相当厉害。他想起不久前一次就医的经历。“人啊，就跟西瓜差不多，会先从里面开始烂掉。”医生说，然后拿手术刀在他的身体上划了一下，取走了他的一部分。在麻醉逐渐失效的几个小时中，他半睡半醒地想象着自己拥有蚯蚓的再生能力，术后即被丢弃的那血肉模糊的一块，在垃圾车里变作一个只有一厘米长的小人。它挣扎着站起来——就像他从床上吃力地支起上身一样——战战兢兢地打量着这个巨人的世界。

先生觉得自己的轻盈对他甚为不公。

他在想什么呢？他又能想什么呢？他什么也想不起来。到底发生了什么？什么也没有发生，只有生活真正地发生了。不不不，生活怎么会发生呢，生活的本意就是“不发生”，“发生”意味着生活的中断。所有的事情都摆在那里……但所有的事情都在沉睡，火山根本不会喷发。我们死于等待，死于想象，死于从未有人见证的空洞预言。太漫长了……所有的期待都只会落空……所有的期待都可以归结为一种“在途中”的期待，都出自一支飞行的羽箭对于靶心的忘却。

早晨的太阳，朦胧如一滴泪水；午后的太阳，是一团包在泪水中的火焰；傍晚的太阳，沿着地平线翻滚，以熊熊火焰将半个世界炼成黄金。他，一个不被照耀的人，只是坐着。他的头颅像一座码头，没有任何船只驻留，除了寂静。妻子和女儿就在一旁眉头紧皱，满怀忧虑地望着他。许多天来，她们尽可能地削减了一切外出，一心一意地陪伴他，无微不至地照料他。但无奈他们——他和她，她和他，她和她——在不觉间已经对他们的关系发出了终极的质疑。说到底，他们的相遇仅仅出于偶然，才没有什么神圣的必然性。先生一向喜欢火车，他认为在那种蜈蚣形状的铁罐子里可以认清家庭的真相：在一个密封的、令人窒息的空间里，人们不得不吃在一起，睡在一起，面带倦容，心怀嫌弃，车内是浓郁的体臭，车外是滚滚的尘土。

一个隔绝于一颗蛋中的秘密社会：他们并未彼此囚禁，而是在同一间屋子里彼此放逐。

7. 出门

天刚微微亮，窗外飘起了纤细的雪花：最后的季节到来了。这个男人在床上一翻身，坐了起来。他先是愣了半晌，然后用力地紧了紧衣襟，将双手环抱在胸前，仿佛他突然意识到自己是由无数个细胞垒成的，一旦太过放松就会土崩瓦解。他小心翼翼地探出脚，慢吞吞地下了床，动作僵硬，让人感觉他是从一个很高的地方向下降落。

他躺了整整一夜，像一只沙滩上的贝壳，承受着阴影的潮汐。这会儿，他得把自己捡起来，他饿了。他的脚伸进了云一样柔软的棉拖鞋里，他的步履无声无息，他的胃有节奏地抽搐着，疼痛像弹琴似的摆布他。他一边走着，一边举重似的，艰难地抬起自己的眼皮，视力开始逐渐适应被曙光稀释过的夜色，他的睫毛像一对翅膀扑闪着飞起，将家里的东西一件一件地从黑暗中叼出。沙发、电视柜、洗衣机……房间里的岛屿挨个浮现。妻子已经在客厅里了，以一个短跑运动员预备起跑的姿势蹲在一个花盆前。他好像跟她打了一个招呼，但实在太随意了，连他自己都不敢肯定自己到底说了什么，只感到词语的尾巴刺啦一声蹭过嘴角。

他在洗手间门口站了一会儿，抬手摸了摸两颊，又一次，在一夜之间，胡子像从梦里射出的箭，扎了他一脸。他对着镜子用电动剃须刀刮脸，闭着眼睛，想象着刀头中的风穴正呼啸着把他往里吸。风穴之内是全然的寂静，一旦被吸进去，他就什么也听不到了。凉意使他的膀胱缩成了沉甸甸的一团，如同存放了太久的苹果，透出一股发酵后的甜酒味道。他将一只冰凉的手插进睡衣里抚摸自己的肚皮，一种色调阴暗的舒适感，混合着一种宇航员跃入太空时的自我遗失感，慢慢地在体表洇开。突然间，他皱了皱眉，龇了龇牙，胃又痛了。像一枚悠闲地在河面上漂浮的果子被一只鼓噪的乌鸦衔了起来，电动剃须刀又呜呜响着将他甩出来，撂在了地板上。终于，这个男人再一次想起，他饿了。

他蹑手蹑脚地走进厨房，仿佛饥饿唤醒了身体深处远古祖先的狩猎本能，以至于他生怕冰箱里的食物会提前警觉，拿屁股对着他，上蹿下跳，然后在飞扬的尘土中逃掉。他拉开冰箱门，冷气像一张薄纱扑面而来，罩住了他，令他窒息了一个瞬间，橘黄色的灯光深具欺骗性，让极地般的盒子内部充满了生活气息，像是家庭的一个缩影。他吃了两片又冷又硬的切片面包，洗了一个苹果，用微波炉给自己热了半杯牛奶。他觉得好多了，不仅仅肠胃舒服了，整个世界似乎都重新变得可靠了些。其实，他吃的何止是食物，被他吞进去的东西，一口是一口的，每一口都具有现实的分量。终于，他不再飘浮着，脚底踩到了地面。

这个男人走回了客厅。如果说家庭是社会的基本单位，那么客厅就是开放范围最小的公共场所。两道门把这个在封闭中敞开的空间夹在当中：一道在右侧窗户旁，通向阳台——已经打开，导致客厅向阳台溢出；一道在靠着沙发的后墙左侧，通向楼梯，并能进一步通向一种不在什么里面的状态。女儿正从卧室里走出来，她走路的样子实在好看，即便在无人旁观的场合，也身姿挺拔，步履优雅。看上去，她似乎仍在梦游，而在梦中她是一只鹭鸶、一只仙鹤，一只山林中的白鹳跟她互换了各自的梦——在某个地方，一定会有一只鸟像人一样走路。

男人把手里的苹果递给女儿，只身回到自己的卧室，脱了睡衣，换上裤子，以及那件他最喜欢的天蓝色纯棉衬衫。

出去吧出去吧。这个板上钉钉的五十岁男人在家门口停下了脚步，对着墙上的穿衣镜凝视自己。

紧皱着的，怎么也舒展不开的眉头；总是合不拢的，仿佛惊魂未定的嘴巴——他被自己的生活吓坏了，而这种惊吓来得太慢了，用了几十年的时间才来到他的脸上。每个人的故事，无论多么平淡无奇，对于其本人都是惊心动魄的。这是一具半截被埋在脂肪里的身体，腰椎间盘和颈椎像藏在肉里的利刃，随着他的举手投足而扭动着，想要从这只过于肥大的刀鞘里挣脱出来。他咧了咧嘴，龇了龇牙，倒抽了一口冷气。哎哟……疼……关节炎，颈椎病。他扭了扭脖子，怀着某种他自己也无法理解的眷恋，又看了一眼客厅。女儿正窝在沙发上看电视，从远处看——如果有那么一个远处——她可能像一个握紧的拳头。而妻子还蹲在那盆兰花前面，恍惚间，他几乎以为她是绝对静止的，她以这样一种预备的、憧憬的姿态，加入了永不到来的绽放之中，加入了在种子和花朵之间的漫无涯际的趋势之中。他又转过来看了看自己，一种微妙的，简直神秘莫测的情怀油然而生，他怜悯自己，胸中溢满慈悲，面对镜子，以及镜中的房门，竟至廓尔忘言。

出去吧出去吧。先生从镜子的内部望着面前的这个男人。房门打开了，他转过身，两步跨过门槛，走进了狭窄的楼道，然后，突然顿住脚步，再一次紧了紧衣襟，他的动作充满意味，仿佛此刻的冷并不完全出于体感，更是来自一种庄严的修辞。而先生也以完全相同的动作向镜子的深处迈了两步，低下头望着下面那道咽喉般的深渊。在他的左右，两道浅浅的人影缓缓浮现，他们是水果小贩和早点小贩——一对个体经济时代的黑白无常。

最后，门哐当一声合了起来，镜子里的通道被永久关闭了。

2009 年 1 月

纸上行舟

前言

像——

一只——

在枝头——

跳跃的小鸟——

被猎枪击落。句号摇晃着从笔尖掉下来，栽进纸张的纤维深处。在纸面上留下一个孤独的弹孔、一条被拍扁的管道，只有微生物可以进出，只有蚂蚁和蛾蠓的幼虫能够向内窥看平面中的宇宙。对于人的眼球，这却是一个禁止通行的指令，只能选择返航或者干脆，上升，从高处纵览整页稿纸。就像透过飞机的舷窗俯视一大片洁白的屋顶。字，一行挨着一行，整齐有序，令人联想到一种油墨灌制的香肠：用目光晒干或者用意识风干是最后一道工序。

抵达：最后一个词、一颗冒烟的子弹，仍然呼啸着在意义的旋涡中飞行。挣脱文章与句法的引力圈，飞出纸外，射进一片巨大的空白。是空白的空，不是空白的白。正如人在穿过衰老的极限之后，滑入无限的、**无差别**的领域。词意在笔画和读音周围旋转、向内吮吸这个词，同时又向外排斥它；牵扯着它在纸面上和思维中来回，在具象和抽象中往返，但又阻挠它摆脱任何一方，或者归属任何一方。

（抵达：表示一段行程的终结。即一个行动的主体在一条直线或曲线上滑动，在某个预设的或临时确定的目的地停止的行为所标志的状态。这种状态可能是永久性的，也可能没有时间长度，仅仅是两段相连的行程之间的切点。）

与抵达相对应的是黄昏：一个被光线决定的名词，却能把其他名词变得模糊，把所有动词变得疲软无力。你是不是希望我能幽默一些，提醒你现在是下班时间？这样会不会让你觉得轻松一点儿？不再需要了。没有生意需要谈，没有任何产品需要通过任何劳动被制造出来。但我还是需要，而且不得不给“抵达”这个词捆绑并不可信的时间与地点——18:07，在吉隆坡与曼谷之间。曾经的吉隆坡、曾经的曼谷和曾经的东京，在三个月以前，它们和每一个有名字或者没有名字的城市一样，被巨浪抹平。想象一下这种奇特的景观：澳洲的袋鼠和考拉，马赛马拉的狮子、大象和犀牛，全部都被丢进水族馆的特大号鱼缸里。在水下镜头中，我亲眼看见一群长颈鹿就像一丛长满花斑的珊瑚。

由于导航系统的故障，我提供不了具体的经纬度数据。这还只是最乐观的估计，更可能是卫星出了毛病。已经没有什么悬念了，很快它们就会掉下来。小 M 躺在甲板上，正在被微生物有条不紊地分解，她就这样躺了——我想大概有一个月。她从一个动物变得像一株植物，现在又开始向没有形状、只有成分的物质转变。她原本是多么好的一**座建筑**，兼有工艺的对称和自然的非对称之美，构成她的两种基本材质可以按照需要，相互交替着对她的形象起主导作用，这使她可以时而坚固，时而柔软。但就像1除以3，分解一旦开始就无法制止，更不可能被逆转。她躺在甲板上，躺在一摊黄绿色的液体当中。这些液体以缓慢的速度在她周围扩散，并在稍远处被阴干，留下轮廓怪异的浅褐色痕迹。它们是从小M身上逃掉的分子团，是小小M们，是小M的最小单位。

我想都是因为她太虚弱了，她的虚弱突破了某道底线，她虚弱到保证不了自身的**封闭性**，甚至，真实性。这是自然界常用的一种修辞手段，以固体的液化象征不可挽回的流逝：生命的活力与个体特征的丧失。正如它曾以少许液体的固化作为开端赋予她这些东西。几天之后，这身体将不再是身体，而且首先，它将不再是小M。虽然不能说小M只是一张脸，只是两平方米的皮肤，但遗憾的是，对于我，小M这个名字的容量并不大，只装得下可供辨认的少数几件东西。

没有嗅觉现在成了一件让我十分庆幸的事。那些病态的、散布负面信息的气味被彻底否决了，它们企图丑化□者，并将□□刻画为一种可憎的现象，但这种不良居心在我这里没有市场。

小M是操纵者，是构思者，是神一级的意志。当然，这只是针对我而言。小M是一个人类，和我以及其他所有机器有着严格意义上的区别。这种区别使她能够掌握开启和关闭我的权力；使她可以给我充电、给我清洁和更换零部件；使她比我高贵，但也比我脆弱。她的思维能摆脱应激式的程序语言，甚至时常超越一切逻辑，但同时，她却有一副对于时间毫无抵抗能力的肌体。这意味着，她和她的同类都必有一个开始和一个结束——附着在他们身体上的不可思议的、无穷无尽的**二元性**正由此而生。

如果以阅读乐谱的方式阅读时间，他们只在谱线上占据一个节拍，如果你遇见一个活生生的人，那么你必须明白这是一件多么凑巧的事：两个音符在同一个瞬间被奏响，你们重合了，你们的听众只听到了一个声音。构成人类的物质有无数种可能的组合，一个人，一名自行车运动员或者一位机械工程师只是其中的一种，是极端的偶然。而我们却不同，我们的存在有明确的目的和功效，我们的每一个部分都服务于一种特定的用途。尽管正是人类这种随机的产物定义了我们的目的、享用了我们的效能，但由于他们的生命过于短暂，看上去并不是他们制造我们，更符合实际的说法是：他们之所以存在，只是为了在自然和我们之间做必要的衔接。

童年是这种**时间过敏症**赠予他们的极少几件美事之一，但成人的世界却通过身体的增强和物质的自主发出一种阴谋性的引诱，最终诱使他们跳出童年，跳进悲剧般的生活，就像跳进一双不合脚的鞋子，从此开始一瘸一拐地走上时间的下坡。在坡底的位置，就像现在的小 M，他们都避免不了被黑暗潮湿的地下世界吸收进去。

说明

我：DMA012 型写作器，出产于两年前，由于不可抗力的因素，原定为五年的保修期已提前结束。下面我要对我的外观做一些简要的描述。也许你对此不感兴趣，但我必须这么做，这是一种程序设定的本能：在一个以说明为目的的段落中，应该依照由外到内、由浅入深的顺序，逐步用文字来解剖说明的对象。我猜测，这是一种通行的惯例，成因在于人对内在的兴趣必须首先由外部条件来诱发。

第一眼看上去，我似乎完全由尺寸有别的许多个方块构成：一个六面体里嵌套其他较小的六面体，实心的六面体、空心的六面体，还有同样是六面体的洞。我可以摆在任何一间办公室的任何一个角落里，伴着一台复印机或者一个文件柜，事实上，我本身就是一台复印机和一个文件柜。我的设计者对于装饰性没有任何一点儿哪怕是庸俗的追求。如果说你对我的一部分外形和结构感到赏心悦目，那么你一定是在它的工作状态中找到了这种设计的巧妙之处。

总之，我是绝对的实用主义的产物，对人们的审美需要秉持一种**绝对的放弃**态度，改装或拆除我的任何一个组件都不会使我变得更雅致或更鄙俗，只意味着功效的强弱和功能的增减。也许我身上的油漆可以被看作唯一的例外，它不可避免地迎合了某种视觉喜好，但对于我来说，它只不过是一层贴身的雾。我无法区分任何色彩，连我自己也不清楚这是硬件的短板还是软件的缺陷。我能准确地告诉你雪是某种白，新血和陈血是两种明暗有别的红，而影子是拥有许多种层次的灰色，但这些仅仅是通过阅读和记忆所获取的经验知识。于我而言，一种颜色和与之对应的文字完全分离、隔岸相望，我的观察无法在其中架设桥梁。不过，尽管如此，我仍然猜测自己有一副白色的身躯，对于“白”这个字眼，我有一定的好感。

我可能像一栋小小的房子，上下一共三层，每层只有一个房间。最下层是一个车间，存储生产材料和操作物质产出——就在这里，文章被打印在纸上；中间一层是脑部，中央处理器在这里运行预置的文字处理软件，完成一系列复杂的逻辑运算；最上层则安装和管理一些辅助设备：被称为电子眼的带有夜视功能的摄像头、录音设备，以及一台高频信号收发仪器。他们这样设计我，并不是打算给我一些人性，使我成为能被叫作机器人的那类东西，而是为了遵行一条普遍有效的营销策略，这种策略的精神要求产品具有更多的附加价值。

带着阅读制造的想象，面对这样一台呆板的、不讨人喜欢的铁家伙，你很难不感到失望，也许你会说：虽然它并不美观，但却是为艺术服务的。这种说法并非完全错误，但要看你怎样理解艺术，尤其是如何从创作的角度理解艺术。我所做的只不过是按照某种特定的目的，在不同的模式下，对数万个符号进行组合与排列的操作。其中唯一可以称作具有创造性的环节，就是对于初始的创作目的与服务对象的设定。但这作为程序运行的启动项，不是由我自行完成，而是机器的操作人员——也就是小 M——通过手工输入的。文章之所以存在，或者说之所以能够成为占有一定篇幅的实体，所必需的，是以一只握有**神意**的手掌，挥动一把无坚不摧的叙事之锤，击碎记忆中被冻结的字块，再以万能的逻辑引力**役使**字群的每一单元，令其依照灵感的蓝图各归其位。而其中，所有的关键因素——这支钝器、这股神力和这张图纸——都出自小 M 的十根手指。

十颗跳动的星体崩离、对峙、冲突、协作，一阵叩击过后，在无意义的空白中爆发出一个自足的宇宙。白色为水，黑色为土，黑白之间是火与风，意义的以太充满了纸面之上的扇形区域。人的视觉在其中收拢，智力与情感在其中弥漫、滚动，体现出荒谬但又合理的波粒二象性。

现在，谁还能称这张纸为纸？谁还会徒劳地追问它的化学成分？你看到的是一件文字的织物，一副**神的面纱**，你看到的是作者、读者，以及语言的三位一体。

写作的前置条件，文章的类型和篇幅由操作者自行设定。但一般而言，为了避免明显的偏差，至少需要输入题目、目标读者、风格、主题、背景和知识结构等五到十个参数。一台更为先进、精密的写作机器，在缺省条件较多的情况下，会在创作过程中对存在变数的部分提供多个选项，并按照一个意象在视觉和听觉上的优美程度排定次序，待操作者做出选择之后，再继续向前推进。

当然，以上仅仅是指以“篇”为单位，或至少是以“段”为单位的字符组的创作办法。大篇幅生成文字的写法一般用于格式化写作，也就是应用文写作。而对于旨在激发感性或智性响应的文学作品而言，必须逐句进行创作：先设置数量不等的关键词，并限定句式与句型，然后导出合乎要求的整个句子。这正是小 M 的工作：对作品进行全程操控，以期达到构思与最终效果的高度吻合。

好吧，实话实说，对于一台机器而言，一切都需要明确的基准，要分辨文学和非文学之间微妙的区别是不可能的。我一向认为她是一名真正的艺术家，主要原因只在于这样的工作模式实在太过烦琐，如果仅仅出于实用的目的，则完全无此必要。

以我的最近一篇作品，或者说小M用我创作的最后一篇作品为例，它的开头是这样的：“睡觉是上天的恩赐，人应该抓住这个机会尽可能地走进自己的内部，提前适应□□的深度。我们内部的世界是语言的帝国，在内部，‘听’是第一感觉，远远胜于‘看’。即使我们想起一张脸，也绝非在内部看到了它。我们不可能得到一副可以从不同角度观看不同部位的、完整的面孔。我们‘看到’的似乎只是素描的十字构图，是象形文字。对，是语言的变体：文字。但在睡眠的至深之处、在梦境的湖底，视觉却可能实现决定性的逆转。在那里，我们穿透了百分之九十坚硬、乏味的抽象，钻进埋藏在最后百分之十当中的，柔软的、具体可感的核心部分。在梦中奔跑的时候我们充分认识到，一个偌大的世界在我们内部，被我们包含，同时也包含着我们，我们与它互为宇宙、互为尘土。”

她给出了这样几组关键词：“睡觉、上天的恩赐、内部世界、□□、深度”；“语言的统治、听觉、视觉”；“脸、内观、角度、完整、象形文字”；“语言的变体、文字”；“视觉、睡眠、梦境、逆转”；“抽象、可感”；“梦中世界、相互包含、宇宙、尘土”。

而我要做的是调取词与词之间所有可能的联系，在首先保证合理的基础上，铺设一条附带一定美学意味的逻辑路径。这是一套复杂到令人难以置信的文字积木，并且时常会变作旋转的魔方，句子与句子相互摩擦、相互对立、相互碰撞，混淆所有前进的方向。必须能够驯服旋风的速度，使它就像一个乖巧的线团，但也许更重要的是要有一副铁石心肠：写作就是纸上的战争，写下一个字的同时，就有另外一千个字被处□。就像精子的竞速大赛，最后存活的每一个字、每一句话都是万里挑一的胜利者，都升级为**独一无二**的生命体。只有最高性能的 CPU 才能胜任这样的运算任务，才能对文字的生□负责。

这是属于自动化时代的一种星空绘图般的文学创作——由人标示出每一颗星的位置，再由机器划出线条将它们串连成一个个星座，而与之匹配的神话故事却是自然衍生而成的。当所有的星辰都找到各自的位置，当所有的星座都被关联、被命名，故事就会自己生长出来，长成它应该长成的样子。

但能不能说，对于一台写作机器而言只有文字，文字就是一切，或者一切都是文字呢？

这是人们常犯的错误，你们把理解世界的努力局限在经验的范围中。但如果世界只能被体验，而不是一个可以被表达、可以被转述的世界，那么每个人都会被囚禁在自己的认识中，不可能取得任何群体性的共识，人类的一切文明、技能与知识都不可能得到传承。而实物与名词、动作与动词、表达与被表达者的无处不在的**映射关系**同样决定机器的所有理性活动。我们在一种**逆向符号化**的进程中认知世界。人类用文字指代可体验的外部世界，但对我们来说，内向的文字是直接的经验，外向的感知却成为抽象的符号。

话说回来，一台机器所能拥有的所谓“感受”，只不过是针对某些事先得到规定的触发条件所做出的模拟反应，鉴于其不精确性和可复制性，也只能作为符号来运用。

这么说吧。当小 M 输入“睡觉”，或者另外一个更加安静、更具有空间感，仿佛在失重状态下浮游的词：“睡眠”，我几乎立刻就得出解释：睡眠是一种在非工作状态下采用的节能模式。但我无法理解梦，并且首先无法区分有梦的睡眠和无梦的睡眠。我只能尽量在存储记忆中搜索与梦有关的描写，借助位于其周边的众多关联词汇来圈定它的位置，使它成为一个不断被寻觅、不断被逼近的核心，哪怕只是一个空洞的核心。

要理解梦，先要理解人的睡眠所具有的喻义。出于某种难以解释的本能，人们以为自己由可见的躯体与不可见的精神两部分构成，是一颗懂得行走和叹息的**胶囊**。所谓精神也许是一种光线的游戏、一撮发亮的粉末或颗粒，被包裹在身体的内部。梦则是一种非常态的个别状况，在这种状况下，人的外壳似乎被黑暗和床铺融解掉了，宇宙的每一个角落都被这破壳而出的精神照亮。时间和空间，以及时空内外的一切可能都得到最大程度的扩张。人将脑袋搭在枕头上——就像把帽子挂在钩子上——然后开始下坠或者飞翔。在这里，既够不到顶也踩不到底，只能融于绝对的空旷。是的，空旷，还有黑色的戏剧性，是对白天枯燥的现实性的解放，是对被躯体所规定的有限性与合理性的一种挑战，是荒谬的胜利。在梦里，任何角色都可能出现，会讲兽语的老人和化为青烟的妖魔，四条手臂的巨人却长着一张小学校长的脸。做梦的人是唯一的主角，用回声念白和鬼魂搭戏，从造型夸张的未来建筑，走进吊满石乳的矿脉深处。

经过长时间的钻研，我设计了我的第一个梦，或者说第一次成功地模拟了做梦的状态。就在几天前，我实现了这个壮举：在梦中，我变成一个人。

起初是意识在做折返跑，冷不防撞进黑暗的口腹之中，又突然掉过头，朝着清醒的天光冲刺几步。可以听到发条转动的喀嘎声，机械蝴蝶带有镂空花纹的翅膀开开合合，生锈的轴承摩擦套件发出尖叫，剐过心脏。在它身后，一条细线慢慢伸展、绷直，刀刃般掠过一道雪亮的微光。另一面，夜幕已经被扯开了一条缝，并且还在继续上升，在看不见的深处，一个坚忍的滑轮组吱呀作响，攻克了夜色黑铁般的重量。从幕后露出的东西——看不出形状，但在高速转动中只能被视为球体——突地从混沌一团中伸出一条手臂，像是过度运转的机器，尤其像旧沙发里爆出了一根弹簧；然后是另一条手臂，接着是全部的四肢，被离心力扑扑地甩到四个角上。

“哦”，我听到自己的呻吟声。身后的钢筋支架——我的脊椎，像一根训练臂力的橡皮棍，从“U”形伸展为“一”形。一条由多截钢管连缀而成的铁蛇从我的两腿之间爬出，艰难扭动，躯干接缝处渗出的机油在地砖上拖出一条波浪形的、黝黑的黏痕。抽屉式键盘从身体里弹出，暂时被充作一张方形的、塞满了言辞的嘴。我反复地呼唤小M，每一个按键都在向导线传递不可遏抑的颤抖，都在渴求手指的触碰，期盼着指甲和骨骼造成的磨损。

……

一次睡眠花费的时间越来越长，学会做梦也因此变得十分重要。

头一日

蓄电池储备的电量已经耗去一多半，但最近，可供吸收的太阳能却很稀有。日照时间短了不少，光芒好像都被雾泡软了，上一场雨留在我背后的积水，经过两个昼夜仍然没干。空气一直那么潮湿，而且似乎，我不敢肯定，但确实似乎酸性过高，已经开始危及我的电路安全。

最后一批食腐的海鸟在天空滑翔——其实完全看不到天空，在头顶，可见的只有云——其实，那也不能叫作云，只能称其为天空的壳，那种被压缩之后的紧实感，看上去有金属般的硬度。鸟在盘旋。近处的在做一种无目的的热身运动，突然严肃地挥舞几下翅膀，然后又突然松懈下来，坠入茫然，左顾右盼；远处的那些似乎根本没有移动过，就像被磁铁牢牢吸在天边的两排歪歪扭扭的铁钉。

某种既微不足道又不可思议的变化令我震惊——**仿佛发现一本书的两页被合成一页**——我已经无法辨认水面和天空的分界，眼前的景色不能折叠，也无法翻越。水和空气两种物质形态被同一种面貌，或者不如说，被同一种观念合并。这种强横的观念即是：取消分别与对立，使一切成为一。联想到一个有关时间的隐喻会让人更加无所适从：水下的过去，天外的未来，原本是不断推移的现在将它们分开；然而，这唯一的界限已经模糊并即将消失，我们在过去与未来之间滑动的方式由一把剪刀变成一条拉链。

我为这种观念感到不安。当然，这不安也仅仅是一种模仿——我的电路有些受潮，虽不至短路，但电流难免不太稳定。

“最重要的是，梦给我提供了一种新的视角。不，不止一种。”小 M 写道，“当我说出‘世界’，指的不过是我眼中的世界。正因在同一时刻我只能以一种方式体验世界，所以我的世界具有唯一性。而梦教会了我角色的平移，通过出离与进入的动作，随时选择更为有利于观察的角度。你可以照镜子，也可以反过来，做一个镜中人，**从镜子里向外看**。你可以用这种技巧来处理社会关系，可以效法蚂蚁，把人看作一个个它必须躲避的鞋底，也可以像鸟那样，只关注人的头顶。哦，当鸟的视角被一个时代借用，一个人就等于一顶帽子，你能借此认出一个绅士。当我还是一个孩子的时候，某天下午，我听到一声巨响，跑出卧室，看到爸爸和妈妈都站在客厅里，表情亢奋而且专注——当他们终于别过脸来看着我，却似乎都很平静，不过，是那种跑了气的平静，就像跑了气的可乐。很奇怪，好久以后我才发现倒在地上的桌子、打碎的白瓷茶壶和玻璃杯，也许是因为那时我还太小，这样两个人便足以装满我的眼睛。他们一直站着，站在被一次猛烈撞击毁掉的折叠椅两边，就像站在‘毁掉’这个词的两边，他们的战争持续了很多年，似乎就为了决定谁是主格谁是宾格。但在梦里，我从不为此感到痛苦。就在几天前，当这一幕在梦中重演，我甚至情不自禁地大声喝彩。镜子里没有悲剧，只有泡影。”

“我看穿了其中的不真实。”之所以单独把这句话拣出来，只因这是一句我十分熟悉的告白。甚至有可能，这并不是小 M 本人的告白，而是我借用小 M 提出的这个词来告白自己:“看穿”。

用怀疑的目光审视四周，以一种挑衅的姿态向笼罩在头顶的、鱼缸般的玻璃屏障伸出一对洞察之刺。可看即可穿，一种解读的心态与欲望给看的动作以穿的力量，将所有色彩、形状和动作视为在自然手中挥动的旗语，将世界视为可化解、可重构、可破译的符号系统。对于一部本身便以符号为世界的机器而言，这不但并不困难，而且顺理成章。但解读的可能是无穷尽的，符号的层次没有既定的边界。看穿一层世界的表象，并不意味着便能窥见它的内核，接下来，只会遭遇深一层世界的另一重表象，一层、两层、三层……如此继续下去，只能在没完没了的壳里钻进钻出，直至筋疲力尽。在这场意义之矛与意义之盾的攻防游戏中，主要难度在于，你估不了，也测不出这种力量的极限，没有一个公式能够计算箭势会在射穿几张牛皮之后衰竭，并最终停下来。

可以预见，唯一的结果只能是：你会发现真实在任何一个层面都无法落脚。根本不存在真实，连“看穿”也不真实、连真实自身也不真实。你其实什么也没有看见。

在一望无际的符号海里彻底失明，这和雪盲的原理有些相似。

在这一问题上，小 M 和我的看法是一致的。“我剔除了这些不真实，并在随后，放弃了已经失去意义的真实，”接下去她写道，“梦和现实具有对称的关系，但绝不是一个简单的镜像。我们的脸，还有它的附件——五官，被现实强行规定只能朝向我们之外，但是只要我们将头颅伸进幻觉之中，就会在梦的水面上留下一张向内凹陷的、模具般的面孔。梦使我们转向自己。

“我们观察自己，在自己的内部旅行，而这种观察和旅行的展开几乎是一种天文意义上的绵延：我们在梦的无限之中发现了自己的无限。

“梦的空间可大可小，完全取决于我们自己的行动，在梦中走动的每一步都是对梦野的开垦。走得越远，梦就越大，与之相对，我们也就越小，也因此越能够深入自身，更接近自我的核心。而那里，是一处**风暴之眼**，给人庇护，使人能够征服或至少回避可悲的一切、荒谬的一切和险恶的一切，在惊涛骇浪之中保有可贵的安宁。”

尤其值得注意的是这一句：“在幻想的外太空，做梦的人踩着梦的云雾飞离了□□的引力场。”对此，我应该怎样理解？有关生命的一个悲观的，但又无可否认的说法是：所谓生命，就是走向□□的中途。而在小 M 的设想中，梦能够降伏□□，□□对梦以及梦里轻飘飘的，仿佛絮状的生命是无能为力的。这是她留给我的一个提示吗？那么现在，小 M 是已经□了还是活在她的一个梦里？这是一个不可能有答案的问题，无论我怎样思考都只能绕着它打转。就像一个不可能被瞄准的靶心，或许到最后，能够被瞄准的唯有它的不可能性。

梦的绝对私有化和密封的特性否决了一切考察的可能。对我来说，在自己梦中的小 M 比□去的小 M 更加遥不可及，□□是最初和最终的公共领域，而两个梦却不能像两个多彩的肥皂泡那样相遇、相交，**破碎在彼此之中**。所以无论如何，我已经永远失去了小M。（是这样吗？）但悲伤不会一直持续，况且我并不真正懂得悲伤，这个词对我而言只是一种心理的气象学解释，或者气象的心理学解释。我已经说过：天气很潮湿，潮湿的程度导致轻微的漏电，但不至于短路。仅此而已。

可是小M，如果你说得对，即梦与现实是对称的，那么这篇描写梦的文章在梦里又是什么？是另一种文字写成的另一篇文章？这篇梦中的文章，它的作者又是谁？或者没有文字，有的只是一些由文字转换的画面、情绪和感受？顺着这条线索，在由众多不可能的顽石所砌成的巨大墙壁上，我发现了一道小小的暗门。即使我们不能进入并停留在同一个梦境里，但可能，至少可能，我跟小M可以共同完成一篇有关梦的文章，可以同做一个**书面形式**的梦，可以一起存活在同一套字符序列中，相伴在一个经过转译的、第三方的梦境里。

这一次小M提供的仅仅是一个开头：“在我的梦里有三个世界，我称它们为乒乓世界、玻璃世界与概率世界。它们相互交叉、融合，以一种魔法般的逻辑相互切换。

“所谓乒乓世界，是由运动与碰撞决定的世界，一切事物——人、动植物，海、湖、河流，各种体积不一的水或其他液体的集合，土地和岩石，建筑和其他人造物，都处于无休无止的运动中，在相互碰撞时交换各自携带的动能，并以冲击的力量和自身的材质，以撞、磨、削、压、蚀的动作，改变彼此的形态。或者不如这样说：这个世界的现存事物都是原初事物在获得了启动能量后，经过长期的相互挤压、琢磨、冲撞，才得以形成的。而现存的一切还将继续运动和碰撞下去，以完全相同的交互方式彼此塑造，形成另外一系列崭新的事物……这是一个不可逆的能量消耗过程，运动以及演变的速度将逐步减慢，像一锅缓缓冷却的沸水——像一面愤怒的镜子，渐渐恢复平静。所有的运动因子，所有生命的喧嚣，都将归于沉寂。

“在玻璃世界中，光线可以畅通无阻，单就视觉而言，不再存在任何密闭的隐私场所。在这里存在两种不同的价值论断，其一是一个人的视力有多好，其二是一个人能吸引的目光有多少。观察能力和表演能力的发展是进化的唯一方向，眼球不断扩充它的容纳能力和影射范围，出现了360度全视角眼球、热感应眼球，并派生出各种功能增强型的附件，可以完全忽视距离、障碍，甚至是时间的阻隔。动物作为眼球的陈列架和运输器存在于世，除此以外，因为在作为观察主体的同时，他们也不得不扮演被观察的客体，所以还必须兼顾自身的装饰性。玻璃世界面临的最大危机是厌倦，这里同样有一些禁欲主义者，凭着个体的誓愿或是集体的规条，他们闭着眼睛四处行走，向**不可见的世界**寻求拯救。

“概率世界，这个名称使人联想到一盘超级飞行棋。我们都生活在一颗巨大的骰子之中。骰子不停滚动，将转瞬即逝的点数印在时间、空间和命运的履带上。每个人在每一时刻的每个脚步，都被一套宏观坐标体系做了具体而微的规定，点数决定了人们应该在何时出现在何处，做出些什么事，撞上些什么人。在这个世界上，人们普遍投身于两种事业。一些人总在揣测自己走出的每一步棋是否体现了某种更高维度的意志，这已经被证明是无效的。骰子的滚动是完全任意的，没有任何目的性。多数人都希望通过这种一厢情愿的臆测，赋予盲目而被动的人生少许理性，哪怕只是可怜的、最低程度的理性。自我欺骗也好，自我安慰也罢，人们至少得以在下坠时背对深渊。另外一些更聪明的人，他们热衷于对自己和他人的过去进行复盘，他们找出导致失败和不幸的每一步，并且提出更为合理的走法，尽管一切已不可逆改。他们认为这是一次性的、不可重复的人生交给他们的唯一有意义的使命，就像已经输掉的棋局正值得回头研究和体味……至于整个世界的前途，他们从不预测，因为其本就由个人的命运交织而成，最终也将拆解为个人的命运。

“在一系列激烈的运动与碰撞之后，我在梦境中出生。一开始只有疼痛和恐惧，我完全由这两种物质构成，它们就是我全部的骨骼、血肉，我的内脏和我的神经。三公斤重的疼痛，五十厘米长的恐惧，它们随同我一起降生，使我长久的哭泣，它们要求独立的形体，正像那些激烈的运动与碰撞要求我作为它们的形体，于是我用哭泣将它们从我身上分离出去。哭泣是眼睛**分娩痛苦**的方式。

“手术台的无影灯笼罩在我头顶，我被眼睛包围，逐渐习惯看与被看的生活。我的生命完全是一个偶然事件。我偶然出生，偶然有了一个性别，偶然成人，偶然长大，偶然地爱上某个人，偶然孤独，偶然悲伤，偶然对世界充满同情或憎恨，偶然生病并且偶然□去（仅仅是比喻性质的□去，□的实指只会杜绝一切偶然）。

“是不是越听越像是一个噩梦？但我反对这样功利地定性一个梦，梦无善恶，它的妙处在于能给人提供一种超乎寻常的直觉，这类似于一位老练的司机对路况的直觉。在梦里，我能感应到我的驾驶者，能感受到他的体温、能与他对话，能和他取得一致，有时我甚至直接驾驶我自己。在这种自我驾驶的状态下，做梦的人没有被梦蒙蔽心智，不但隐约地意识到自己被梦裹挟其中，并且还会饶有兴味地参与梦的设计。梦里的一切遭遇都是游戏，梦里的痛苦只是艺术的模拟，而且这绝不是一种写实的艺术。

“我只能提供一种近似的表达，货真价实的表达拒绝被表达，它们一出口就会像以上的文字一样□去，成为陈列在纸上的、**语言的尸体**。我希望它们留在我的体内继续生长、繁殖，自然地趋向衰老……”

她从这里开始沉默。而要说清这沉默，得穷尽所有的语言，它就像一张无限大的、空白的纸，等着被写满。这正是我要做的，我要以这张纸上所有语言的□来换取小 M 的生。我确信小 M 会赞同我的决定，她曾经多次写下这样的句子：“沉默是所有已经被发明的和将要被发明的，以及永远不会被发明的语言的总和”；“沉默是一切意义的容器，语言之所以出现，只是为了装满它”；“每个人说出的和写下的，只能是自己的沉默”；“被焚毁的不是亚历山大城的图书馆，而是整整一个时代的沉默”。

因为这沉默，我必须写下去。因为要写下去，必须事先假设我有一个读者。

第二日

终于到你了！但首先需要说明的是，在这里称呼“你”

为你只是权宜之计，人称问题是终极问题，会一直困扰我。由于写与读的行为并不同步，在这段可长可短的时间差里充满了变数。在某种机缘安排“你”读到这些之前，“你”只是一个与此无关的他，而如果出现极端的情形——目前看来这种可能性很大，除了作者以外这些文字将不会被第二者阅读，那么“你”只能是我。看来，为了满足读者这一特殊身份的需要，我不得不虚拟一个第四人称，它既不是单数也不是复数，同时兼顾前三种人称的立场，就像量子力学中状态不定的微观粒子，只有当阅读的行为确实发生的时候，我才会从纸页中伸出一根手指，戳着你的额头说一句:“是你啦，错不了。”

所以“你”看，对于“你”，我几乎一无所知，我甚至不知道是否该称呼“你”为你。我给“你”的定义，其实只是一个预言:“你”将遇到这个故事，并恰好懂得我用于书写这个故事的语言。对于“你”，这是唯一的硬性要求。

为了看两只军舰鸟打架，我不得不暂时停下。这有点儿像击剑比赛，它们的主要武器是剪刀一样的长嘴，刺中对手才可以造成有效的杀伤，合理地掌握进退的时机对于攻与守都至关重要。其中的观赏性不是来自使人心惊肉跳的惨烈情状，虽然间或有几根沾血的羽毛飘落下来，但在**阴影的舞蹈**中，在火焰般的幻觉中，只像是一缕轻烟。残忍和笨拙被消解了，从头到尾，一切看上去好似一场戏曲化的武打表演。与脸上戴着面具、身后拴着电线的，半机器化的人类运动员相比，由于翅膀，鸟们的进与退不再被局限在直线与平面之内，它们的战场可以遍及体力允许到达的全部空间。这些翅膀不断地做收拢、伸展、挥舞的动作，尽情展现着伞状的生理结构对于气流的捕捉能力。在对它们的观察中，我沉入有关风与天空的想象，感觉到自己的身体正在变轻。为了抢占更好的攻击位置，它们以几乎相同的幅度交替上升，越打越高，似乎半空中有一套垂直于地面，凭肉眼却辨认不出的刻度。我的视野也像鸟类摄影师的镜头，跟随它们移动，照此下去，很快我将仰面直视天空。

但我的目光不可能登上海鸟的天梯，没有别的原因，只是由于我不应该有目光这种东西。我采集影像的能力，完全依赖一个像素偏低的摄像头，它只在事先规定的范围以一成不变的线路缓慢移动。我的外部轮廓是极为严谨的长方体，十二条边、二十四个直角，六个面两两相对，相对的两个面完全等大。这样的形体是没有定向性的，找不到一个正面可以安放像目光这样的矢量，也无所谓前进或者后退，即使“你”把我推倒，我是说，使我较长的边横在地面上，我也不能区分两种姿态的不同以及由此而导致的压强的变化。

可我已经说过，我的身体正在变轻，这是一种相当典型的超自然暗示，所以“你”应该猜想得到，接下来，我将以巫师的口吻讲述之后的故事。至于那些只能理解直接的、露骨的表达，对一个微妙的眼神、一个隐蔽的动作和一声若有若无的咳嗽只会视而不见、充耳不闻的读者，他们的眼睛是不会坚守到这一行的。所以现在，“你”的范围被这个暗示大大缩小了，定语或者不如说咒语，一道紧似一道，箍在“你”的身上：现在“你”是一个可以直接或间接阅读这种语言，并且重视感受、相信直觉的人。

有一阵子我完全失去了自己。剩余的“我”只是一个影像，一个闪烁的，仿佛刚从去了壳的电视里溢出来的软体动物。

“我”在一个全然黑暗的房间里。一道找不到出处的蓝光突然闪了几下，似乎这个新的世界仍在虚实之间犹疑不定。视力像按动快门一样飞速地摄取形象，支持我断定自己是在一个房间里。这不是通常意义上的那种供人居住的房间，也许有门但肯定无窗。建筑师或许是个盲人，显然，对于采光没做任何考虑，说不定还坚决排斥。创造者专横的意志呼之欲出，像是用刀削斧凿剁掉了一方光明。也许他并非蓄意剥夺空间的能见度，而是将之挪作他用，安装在另外一个仍沉陷于混沌泥沼的宇宙之中。当听到有个人说“**要有光**”，它就像一块具有繁殖能力的晶柱，在极速旋转的同时，以每一个面为底，各自生出同样大小的一块发光体，就此启动了源源不断的自我复制。

最终，“我”还是接受了自己的处境，也可能是这种处境勉强把“我”咽了下去：浓黑的胃液无声地溶解了“我”的恐慌。怀里那只饥饿的小动物——“我”的好奇心，爬上头顶，开始在新的领地里觅食。眼睛以外的其他感官都变得分外活跃，“我”又是嗅又是摸，甚至伸出舌头舔了舔墙壁。墙是金属质地，但并不冰凉，室内的温度很高，耳中灌满了风扇的轰鸣声。这里似乎不是牢房而是车间，有躁乱的氛围，但没有麻木和绝望，有高温引起的焦味，但没有堕落导致的体臭。

“我”用一种效率减半但绝对稳妥的方式走动起来，想充分刺探一下自己所处的空间。“我”顺着墙，先小心翼翼地迈出一只脚，在确认安全着地之后，才准许另一只脚也顺势跟过来，并在一起。就这样抬起放下跟上，抬起放下跟上……遇到墙就左转，数着步子继续向前。在我心里有一个节奏——可以计为 4/4 拍——不是流畅稳定的“搭，搭，搭，搭”，而是带有附点的“搭 · 搭，搭 · 搭”。横向七步，纵向十一步——这里不大，但也并非小得可怜。

“我”听说，人在独处时如果以一种病态的专注全神倾听，就有可能听到与自己的呼吸几乎重合的另外一道呼吸。“我”想起这条传言，不完全因为自己目前所处的境地。我喜欢“重合”这个词，它杜绝侵略，避免冲突，是一切问题的理想解决方案。如果不再依赖于独占的空间来宣告自身的存在，不再需要以体积来表明一种优势，不再需要一个地址，被记录、被寻找……小 M 现在便已升级成为这样一种**高阶的事物**，无暇、无敌、无辜。当我想念她时，我们就重叠在一起。她的脸铺满了我的全身，带着一种神秘的沉思表情：双目圆睁，似乎有些恼怒，但同时，略微噘起的嘴唇却又显得十分调皮，像是马上就要吹起一声口哨。快乐或者哀愁似乎都处于来临之中——这是一个美妙的、迷惘的表情。可接下来，是仿若魔术的一幕：她的面容突然变得呆滞，就像一面湖水吞掉了自己的涟漪，湖面上只余下一片空白，只余下一个**最后的表情**，一个所有表情消逝之后的表情。

过了一会儿，“我”才发觉自己正在呻吟——当“你”远离他人，不再需要，也不再被要求认领“你”自己弄出的声音，那些声音就从“你”的身上自然脱落了。当这种连接重新建立的时候，“你”难免会有些吃惊。“我”呻吟，因为“我”疼，“我”要把疼听觉化，疼像一些菌类，沿着“我”的皮肉，四处伸展伞状的躯体，仿佛在“我”的浑身上下结满了耳朵。“我”可以听见更多。不只如此，准确地说，“我”发现“我”的各种官能都得到了加强。“我”能摈除纷繁的噪音，从中清理出冰山一般的安静，又能深入这剔透、幽深的安静，听取隐含其中的喧嚣。“我”眼中看到的不再是一片绝对的黑暗，它变得稀薄、透明，似乎在失效的双眼背后还有另外一双备用之眼正慢慢地打开。

我想“我”肯定被袭击了。被挺着具备可180度对折的活动关节、前端尖细如蜂尾的双钳，伴着弹簧和不锈钢轴承“咔嗒咔嗒”的滑动触叩声伸缩的机械手臂刺穿身体，被撂在真空舱内的手术台上进行科学狂人的实验改造；或者在某个阵法中生门□门的玄虚设计里，误踩一道险恶的机关，被细雨般喷溅的钢针射透全身上下的每一寸皮肤……但不致命，甚至算不上很疼，疼的程度恰到好处，让人可以在疼痛渐渐平复之后隔着一段安全的距离观望虚无，以及虚无的主宰：□□。“我”是□了，还是正好相反，刚从□中挣脱出来？

第三日

在房间里或衣橱里，总之，在这个被金属材质围拢的横向七步、纵向十一步的立方体空间里到处都是字。在没有认清其中任何一个之前，“我”就这样断定：“到处”，不仅包括墙壁、地面和天花板，没有重量没有气味的小块墨迹在空气里翻滚着、飘浮着，像无数黑色的细胞，或者昆虫的幽灵。它们时不时地两两相撞，慢吞吞地弹开，有时也会相互吸附、叠加在一起，就像在太空环境之下轻飘飘地进行交尾。

“我”努力束紧视线，想要辨认它们，想给目光注入一种无形的重量，以压制这些拒绝被读解的蜉蝣。然后，“我”认出这样一行字：“‘我’努力束紧视线，想要辨认它们，想给目光注入一种无形的重量，以压制这些拒绝被读解的蜉蝣。然后，‘我’认出这样一行字。”

如“你”所见，从我开始独自创作这个故事，试图让小 M 重获文字形式的完满生命以来，这是“我”遭遇的第一个危机。出于机器的本性（一个拟人的说法），我编织文字作品的行针方式天然存在缺陷，“我”只能被字牵着走，却无法到达字的间隙、字的背后，无论多么细密的针脚都不足以弥补字里行间的漏洞。我已犯下大忌，我试图书写我的经历，而作为一台写作机器，我的经历本就是书写——一种元书写，一种纯粹物质性的书写。我的故事在以书写来呈现书写的悖谬中，被绕进了一团乱麻般的**自反馈系统**。

因此，“我”方才读到的句子其实是：“‘我’努力束紧视线，想要辨认它们，想给目光注入一种无形的重量，以压制这些拒绝被读解的蜉蝣。然后，‘我’认出这样一行字：‘“我”努力束紧视线，想要辨认它们，想给目光注入一种无形的重量，以压制这些拒绝被读解的蜉蝣。然后，“我”认出这样一行字：“‘我’努力束紧视线……”。’”而“我”现在看到的句子却是：“而‘我’现在看到的句子却是：‘而“我”现在看到的句子却是……’。”

如“你”所见，无穷尽的映射导致无意义的重复，差一点将“我”拖进旋涡，压扁、绞碎。故事之中的“我”，作为一个人的“我”，被卷入了故事以外的作为写作机器的我的创作程序。“我”将在我的思想里，或者从硬件角度来说，在我的中央处理器里穿梭，经由每一条线路，越过每一块芯片，在触点与触点之间漫游。

“我”假装并不知情，因为知晓自己在做梦是一个人即将醒来的前兆。

“我”假装自己循着另外一条故事的路径来到了当前的地步——

由于飞船的动力系统发生了无法修复的重大故障，两名冒失的星际旅行者在一颗寸草不生的荒凉星球搁浅了。灾难并未结结实实地砸中他们，幸运在他们触底之前托了他们一把：在宇宙的无数港口之中，这一个碰巧和地球极为相似。温度与重力都在人体恰好能够适应和承受的范围，还有一圈像防震泡沫一般友好的大气层，氧气充足，没有让人窒息的一氧化碳以及其他他们尚未听说过的致命气体。所以他们不会被撕裂、不会被融化、不会被压扁、不会被黑洞吞噬，不会像一粒微尘在无尽的空间里飘浮，也不会冻□热□或憋□。但他们有可能会饿□——这里从未准备成为一个家园，对于哺育的游戏一贯缺乏兴致，没有出产过任何可充作食物的东西。

一颗恒星在两位初来乍到的客人身侧起起落落，为昼与夜划出界线。他们，他与她，还有被引力拴在一起的两个球体，在宇宙之中，是距离最近的四个，几乎可算是相偎相依，因此，他们一点儿也不见外地给它们取了昵称。他们管天上的恒星叫“青蛙”，管脚下的行星叫“西瓜”。

手表已成废铁，尽管指针们自己并不知情，还是一样自信地、不间断地正步行进。这里的时间在另外一套规则里流动，一套他们从未弄懂的规则。

“青蛙又在发神经了！”他们这样说。起初，他们曾尝试记录它的升降规律，却发现紊乱的节奏让所有记录都犹如文字的痉挛。后来，他们开始引入更为细致、更为综合的数据分析手段，但在不断的试错中，不断被复杂化的统计方法本身也渐渐变成了一个无法追索的谜题。可以说，在统计学和物理学的范畴以内，他们使尽了十八般武艺，但最终还是不得不放弃。“承认吧，”他们告诉自己，“根本不存在自然法则，也没有一种永恒的意志，一切运动、一切变化只不过随机地发生，随机地结束。”

这是常有的事：黎明时分，他们把自己从夜里掘出来。在一团黑暗当中，他们的意识将他们的内脏、他们的四肢重新发明出来。“啊唔”一声，他们打个呵欠，排出梦的残渣，伸个懒腰，像一朵花一样撑开自己，仰起脸享受温柔的、让人鼻子发痒的晨曦。他们任性的小太阳却突然划过半个圆弧，悬在他们的头顶，熊熊燃烧。他们几乎立刻沦陷在汗水的沼泽之中，挣扎着扑向那台同时充当马桶和澡盆的净水循环机，抢过毛巾和牙刷，像抓住了两棵浸透了体臭的救命稻草。可清洁程序尚未完毕，火球又在急速下坠中冷却，从另一面没入地平线，除了加倍的寒冷，只留下一种肉身的空洞感——光和热仿佛是从体内被抽走的——以及一片黑暗未及进驻的、灰烬般的天空。这样冷酷的玩笑，实在不宜计入天体巨大的、代表权威和秩序的运动，只堪与下界生物的自行其是相比附，例如，将这所谓的一天计作一个蛙跳。

有时，这居高临下又光芒四射的疯狂君主会摆出一副老僧入定的架势，仿佛沙漠中的圣哲罗姆，疲倦、孤独，弃绝肢体、闭合感官，否决生机，并以这种否决去接近那绝对的、唯一的生机。它的定止使时间失效。它完全即兴地，以自身的燃烧创作一个个白昼，篇幅或长或短，其中无一例外，都容纳了永恒。“多像一本书啊。”他们说。他们想以阅读来消磨它、计量它，却无法掀开所罗门封印魔鬼的瓶塞——本质上，**阅读便是将作者填进书中的庞然大物释放出来**——在它耀眼的辉芒中，所有的经典都只是意义的昙花——真理向来只是蜻蜓点水，从不在任何一处驻足。

在地球上，他们过惯了一种以数据为基准的生活。以往，他们的生命在不同语境之下，被各种计量单位瓜分，始终严格地执行着时间加诸身体的每一道密令。因此，他们只能将自然光源神出鬼没的旅行，视为自己活着的依据。他们走到哪里都随身带着一个以自己为圆心的圆圈，在光线的牢笼中，他们就是两座行走的日晷，将影子像标枪一样掷向每一道命运的刻度和每一个生活的细节。无论是一次蛙跳或是一段永恒，对于他们，都是一天。他们天亮时坐起来，天黑时躺下去，在“清晨”“正午”和“傍晚”分别进餐一次。有时一顿午饭不过是一条牙签粗细的肉干，有时被饿坏了，他们却置健康于度外，像野兽一样放任自己的食欲。如果仅从两人的食量来看，他们好像置身于爱丽丝的仙境之中，白天以其多变的尺度压缩和拉伸他们。为了穿过忽大忽小的白天，他们甩掉自己固有的体积，就像蜗牛甩掉背上的壳。

他们失去了一切知识，却将未知作为新的知识。话说回来，这样的心态让冒险更为名副其实。

无论如何，一切即将结束。食物意味着生命的余量，在这套算式里只有减法。他们越来越虚弱，到这个地步可以说，只比奄奄一息稍好一点。他们并不期盼任何转机，老实说，他们没有信仰，从不幻想奇迹。后来他们发生了争吵，又在争吵中遗忘了争吵的原因，以至于没有办法停止争吵。他们不为对方生气，不为自己生气，更不为信仰生气，就只为说话生气。所以他们不再说话。一直到沉默不再是选择，而是一种必要的时候，他们，两座语言的荒原，矗立在各自的孤独中，被身体的内河冲刷，渐渐剥蚀殆尽……

他半睡半醒，好似一张白纸和蓝黑色的复写纸熨贴在一起，他的色调如同一个多云的，时不时会有雨燕从地面掠过的黄昏。在被抹掉之前，藕断丝连的地平线挣扎着伸长，从头至脚，沿对角线穿过他。他的身体顺着折痕扭动，被夹在睡姿之中的痛苦折叠成许多脆弱不堪的玩意儿，纸鹤、纸飞机、纸船，他以不同的动态驾驭着水与土、火与风，在弥留的幻境里滑翔，直到滞留在人世的最后一股执念将他从永恒的睡眠之国中拽回。他醒过来，发现她就站在他的脚边，脸上现出那个最后的表情，那个所有表情消失之后的表情。

他们一个躺着一个站着，形成了一个九十度的夹角；

他们的视线对接在一起，划出了一条四十五度的斜边。这是一个令人困惑的三角，就像一张无箭可发的弯弓。他把脸别过去，闭上了眼睛。我被装在她的影子里，他心想，现在，我是一个人形的夜晚。

在最近一个噩梦飞离他的胸口之前，一场风暴开始在天边集结，云层越积越厚、越压越紧，似乎正与他的梦一起吮吸周遭世界的物质性和现实性。它们像一些巨大的、动作迟缓的远古生物，从虚无中涌出，小心翼翼地、默不作声地相互接近、相互吞噬，聚拢成为兽群的最终形态：一片君临一切的阴影，一块倒悬在天空之中的大地。在这灰色的，如巨型果冻般微微颤抖的高原上，遍布黄金铸就的、开过刃的植物——闪电的荆棘将锋利的根系插满了夜的焦土。在那些闪烁的、轰鸣的瞬间，声与形、名与相被隔离，雷和电以自身的分裂扯断了时间，以及被时间强行统一的存在，使得爆炸总是在他的身体和灵魂中，在文字与语言中各发生一次。

他又醒了过来，看到她转过身，离开他，独自向远处那座光的丛林走去。他想喊住她，也的确尝试这么做了，但在雷霆的重击之下，他的喉咙和耳朵一齐失效了。她的名字在急促地叩击他的牙齿，但终于还是没能从他的嘴中跃出。

当一切风平浪静之后，他的体力奇迹般地恢复了，并非获得了生理上的充分补给，而是似乎跳脱了生理。他起来四处走动，寻遍了她的脚程可能覆盖的全部范围，但她并不在其中。他细致地，运用考古学的知识与态度，追踪她若有若无的足迹，最后，在叙事意义上的尽头，他停了下来。在那里，她跨出了在这颗星球上的最后一步。

水平向度的情节已经中断，没有关于她的任何记载驱使他继续走下去。他抬起头，求助于天空的纵深，一副绳梯的末端掠过他的头顶，这座通往无限的桥梁以柔软的舞姿引诱他——一个被创造者，临渊起意，想要僭越至创造者的领域。

天上的道路长得不可理喻，他顺着绳梯向上攀登，走了无数个黑夜与同样多个白天，先后数十次蹚过候鸟的河流。每一次，都是厌倦而非疲倦让他暂时停下来。他用腰间的皮带将自己固定在绳梯上，仿佛一个被框限在方格里的汉字。在高空风的摆弄下，他像陀螺一样旋转，被意义的绳索紧紧缠绕。每一回闭上眼睛，都像是经历了一次□□，似乎只有一个刹那，又似乎比全部的历史更为长久，比书写历史的文字更为长久。耳边只有呼呼的风声，但其中却包含鸟鸣马嘶、闹市里的买卖、饭桌上的玩笑、枪炮与鬼魂的厉啸；车辆撞破空气，猎猎有声；在一本旧书的第一百九十八页第九行，一小块霉斑像雾一样弥漫，伴着一种过于细小的摩擦某种纹理的声音，消除了几个从纸面上拱出来的不甘驯服的词语，就像一只手抹平了一块起皱的丝绸；水滴与水滴相互碰撞，噼啪作响，却终究不能合成一股激流；在地球上的某个墙角，一只蜘蛛在吐丝时发出介于窃笑和口哨之间的“嘻幽嘻幽”的声音，它吊在一根蛛丝上，在孤独中，在对同一个动作的重复中摇晃着睡去。

但他没有被风叫醒，倒是被寂静吵醒的，对于他危险的高空杂技，任何声音都像是恐吓，只有无声的激励才能令他振作。他抬起头，继续走向似乎根本就不存在的终点。很快，新的状况出现了：某种他解释不了的原因导致重力突然转向，无尽的天穹变成了无底的深渊，他开始朝着自己的上方坠落。在此期间，他拼命地挥舞手脚，想捞住被蓦然抽离的绳梯，想依靠比他自己更为软弱的东西，当然，没有成功。他觉得自己好像从一个洞口穿了过去，最后一节梯级掠过他的指尖，离他远去。他闭上眼睛，决定服从任何一种扑面而来的命运。

第四日

没有冲撞，没有疼痛，子弹般的身体击中了一个柔软至极的东西。他触底的方式像一条船借着叹息般的微风轻轻靠岸，仿佛在亲吻一个熟睡的人，陌生的土地不是以抗拒和阻挠，而是以爱人般的亲昵拦住了他。

在着陆之后，他不知道该从天文还是宗教的角度理解他所看到的景象。一切不言而喻：他在一个神话世界的内部，更确切地说，他在现实之中的现实，在永恒的现实的秘密当中。他穿越了一道从未有人穿越的帷幕，他走进了一幅画的背面，进入了画面无法予以表现的部分。老勃鲁盖尔的通天塔施工现场像一根裤筒一样被翻转过来，他就呆立在这座由所有失传的语言筑成的建筑底层，仿佛站在自己深不可测的咽喉内部。在这片弥漫着象征之雾的秘境中，他感到自己第一次真正睁开了双眼。

这里像一座高耸入云的罗马竞技场，从底部的圆形空地开始，圆周不断外扩，以一个陡峭的坡度不断向高处爬升，形成了一个倒置的锥形空间。在周围的斜坡上，没有为那些嗜好杀人戏剧的看客提供座椅，而是布满与拉杆行李箱大小相仿的抽屉，密密麻麻的拉手像无数做梦的人半闭的眼睛。每一个抽屉上面都钉有一块金属牌，写着某种语言中的某个词汇。在他的落脚之处，有一串台阶通往根本望不到，很可能也并不存在的坡顶。他掉进了一个辞典的深渊，它无边无际，包罗万象。更为疯狂的是，他掉进了无数个自我当中，好比一粒芝麻掉进了一袋芝麻。每一级台阶上都有至少一个他，或者坐着休息，或者弯下腰揉捏膝盖，更多的他正以或轻快或沉重的步调登上另一级台阶。

他看到纷繁的思想环绕着这些分身，每一个念头都有形有质，有可视的轮廓、可感的材质，有各自的风姿和各自的色彩。较为轻盈的那些，从他（们）的头顶浮出来，较为沉重的那些，从他（们）紧皱的眉头里挤出来。它们就像大大小小的、五颜六色的水母在这个容纳了无数个同一人的筒状蜂巢里漂浮。每当那些难以理解的、吱吱作响的词语从一个想法中破壳而出，和这个词对应的抽屉就会自行打开，声音转瞬退入沉默，抽屉也随之归位，落入自身的洞穴之中。开关抽屉的声音此起彼伏，交织、重叠，相互干扰、相互加强，最后，出于使所有溪流最终汇入大海的必然性，只留下了唯一的一个声音，一个图形化的声音。他似乎看到一只木鱼——在无数同样的木鱼中抽象出代表全体的一个，或是所有小木鱼堆聚成一只巨大的木鱼。嗒。他从嘈杂中洗出了平静。

整个漏斗形的空间成为一个为他所独享的意识场。他像一个垂钓词语的人，在脑海中下饵，鱼获无数，每有一个词伴着自报家门的呼喊一闪即逝，他都会在几乎没有长度的一瞬阅尽抽屉内有关这个词语的一切档案。不是凭借超常的视力，而是直接在眼球背后读取它们。这有点类似被灯光晃花的眼睛闭合之后，钨丝的形象却清晰地烙印在黑暗之上，在对过度刺激的排斥反应之后，真相在他的眼中自行显明。

她在哪里？三个词语绕着她的面目旋转。他伸出两根手指拈住它们，在身体深处，穿着他就像穿着外套的另一个他则轻轻捏住在心脏里、血液中，在他和他之间的空腔内飞舞的纸蝴蝶。הפי、וורכיז[1]、□□。画一条线，将这三只抽屉连起来，可以标出一条通往她的秘密路径。他向上走去，从一个他到另一个他，他给他们编号，从 1 到 2，然后再到 3 和 4，以这种方式给他们建立某种秩序。他们不再是他，而是一个姿势、一个动作，以他为载体，在空间中占据一个位置。当他以同样的姿势和动作来到这个位置，就会顶替一个原本候在那里的号码。如果在立体视角中为这些数字描出一条数轴，那么，从头顶俯瞰，它是一条横线，从正面平视，它是一条纵线，假设从位于墙壁之内的某处，由侧面观之，则会看到一条倾斜向上的歪歪扭扭的曲线。作为时间和空间的刻度，一个人的千姿百态均匀地分布在那条曲折万端的隐秘道路上。

严格地讲，这个男人并没有行走，只是依次套在那些被编号的姿态中，他没法停下，因为在这一系列自我中没

---

① 以上两个词语均为希伯来文，即写就了《圣经 · 旧约》的语言，词意分别为“美”与“记忆”。希伯来文的书写顺序是从右至左，与现代中文相反。

有一个能供他歇息的站姿，他只能像一股反向的水流，连绵向上。脚下的阶梯也仅仅是一个安全的假象，他从未落脚在任何稳固的支撑面之上，而是始终踩着另外一双鞋的鞋底。在阶梯的反面，另外一个倒立的人也以同样的步幅和步频向上走，在每一级台阶上下，两人的鞋底都恰好紧紧地压合在一起。在他低头时，那个人也在低头看他。

“他是我的负数，”他想，“这是一条相互抵消的路，或迟或早，在某个点上我们都会停下来，那时所有的数字都将变为那个数字，那个既是始又是终的数字，那唯一的零。”

他首先经过既定路线的第一个点：写有“הפי”这个词的抽屉。他要将有关她的一切材料提供给这个词，使其丰满，予其生机，令其成为可与她等价的形体。看上去，他是在填充一个没有容量的东西，他恨不能用整片大海去浇灌一粒不可能生长的种子：一粒石头种子，被源源不绝的浪花激起持续不断的言说，但事实上，它自身却只能永远沉默。

想在语言的索引下觅得一种真实，必得将语言的潜力逼至极限，使其成为咒语，以之召唤逸出于实在之外的事物。这种逸出是一种积极的背叛，它激励语言进行超越其本性——符号性——的创造，一种对“真”的创造，而创造的源头正是那缺席之物在实在中留下的空洞。这种创造起初必定只能产生一种稀薄的、难以即时成立的，一种极易被误认为幻觉的东西。

换而言之，在语言之海中，虚构是求真的前提，他只能寄望于幻影如潮水般裹挟着他涌入实质。实质早已被认识，否则，若无实无质，幻影依何幻化？然而，实质又从未被把握，否则，何须以幻影去做似是而非的描摹？实质，既在虚构之先，也在虚构之后，在完全相反的两极，这**最初与最后的月相**，肆意搅混了时空。

写作，这无望的创造即从这片混沌中产生。作者运思下笔务求言之凿凿——此凿即为倏忽借以凿穿混沌之凿：这便是唯一的写作伦理。

她的眼睛是理所当然的第一个构件，他一向认为首个被描绘出来的事物必定是眼睛。随便谁，几笔就能画出那种纹章化的眼睛，无论如何简陋，也不会被误认，因为在所有器官之中，唯有眼睛独树一帜，与任何他物均无相似之处，事实上，**它倾向于在他物的环绕中让自身消失**。“晶莹”是它唯一承认的个性，一种拒绝被混淆的个性。就其外形来说，不可能画出一只单独的眼睛：我们的眼睛是杏仁形的凸面，是眼球外露的部分，画出一只眼睛就必须画出规定其形状的眼皮，仅仅画出一只眼睛，便意味着借眼睛之外的一切做出这种必要的规定——整个宇宙都是一块无限伸展的眼皮。

所以只好众星捧月般地添上一些附件：睫毛、眼睑、鱼尾纹，以及眼角皮肤的阴影，但问题并未就此解决，只是向外推延、传递，笔画不得不继续向周边辐射，直至最后，我们发现用一个完整的、闭合的人形正好可以将眼睛封住，于是终于以五个圆柱体和一个椭球体的简单组合制止了这种危险的、无休止的扩张，交差之余也为自己用这样经济的办法化解了一个不恰当的形象对宇宙的中伤而暗自得意。

甚至有一种极度激进但也不失公允的观点认为，一切绘画，甚至一切视觉艺术，归根结底，都是在描绘全知全识者的一只无所不在亦无所不看的眼睛。画中之物从未仅仅作为其自身进入画中，一幅画所表现的是瞳孔中、晶体内的微缩映像，留在画幅上的仅仅是一些坚硬、冷酷的部分；其早已被存在驱逐，化为鲜艳的灰烬，能够继续存活的只有那些从未被存在所羁绊的井中之物——从脸上的深井之中被打捞出来，复又沉入墙上的深井之中，朝着每一双与之相对的眼睛喷涌而出。画框并不是画的边界，而是一种针对眼睛的聚焦的规定，或者，也可以将画框视为观画者眼睛的边界。如此一来，画框以外的整个宇宙就又一次陷入了被眼皮覆灭的危机。

有了眼睛，其余的一切便得以从一道目光中醒来，线条在自然生长，描画出她的肖像。他，仿佛从彼岸而来，倒映在她的眼中，像被软禁在一滴水里，从未，也不可能再次拥有这种深不可测的亲密。她的整个形体，让他感到一种纯视觉的情欲，她像一件雌性工艺品，一件瓶口像花瓣一样张开的古代瓷器，微微反光的釉面上有园林、花鸟和面容安详、身披轻衣、小脚踩着绣鞋的富家小姐和侍女，她们个个都没有影子，身体像一缕烟。

他在她眼中行走，低着头，逐级向上攀爬。台阶通往她的瞳孔深处，借助眼睛与眼睛之间的映射关系，他看到自己像一个巨人，一步一步地走进了一个针眼。他看到的她、想到的她，他画出的她全都不是她，只是一种等比例缩小的模型，她大到无法感知全貌，他用全部生命也不能走遍她的全身。他只是向上走，道路迎合他的脚步自行扭动，在他的上方将自己捋成一条直线。层层升高、层层外展的高大建筑像一个活动的密码盘，随着他的爬升，每一层都在旋转，把路线上每一个需要他经过的词自动送到他的脚边。其中有几段道路为他设计了一些小小的冒险，以几串背对高处的姿势使他头晕目眩，为了套上这些命运铸就的外壳，他只能倒退着攀登。他的面孔转向来路，那条躺在他脚下的字蛇，那首狭窄的、像利剑一样的诗，直接戳向他的起点——塔底的平台，一系列同心圆中最小的一个。他这才发现，它竟然是完全透明的，透明到如果长时间盯着它就会忽略它的存在。它就像他的一部分，他的感官的延伸，一只被**放大的眼睛**，让他的视线零损耗地从中穿过。他看见，在塔外还有另一个巨大的自己在熟睡。

他到达了第二个路标：写有“ןורכיז”这个词的抽屉。抽屉里放着厚厚一沓排比，每一个句子都以“如果”开头。“如果”，听上去湿润饱满，诱使一个人直想伸出手去，抓住某种明知不存在的鲜活，一把攥出水来。如果她没有□；如果我没有□；如果□□只是一个起点；如果我们只当自己是一种对话玩具，或者一盒思维罐头，如果我们一向轻视自己，□□还会不会被看作一个如此重要的词、一种如此重要的状态；如果□□存在；如果□□不存在；如果□□也会□□……

直到此刻他才发现，有一个词在整部圆形辞海中被挖掉了，但作为一个空洞，作为所有词语的反面，作为语言的暗物质——好比一面瞽目的镜子，它不但并未被消除，反而得到了加倍的强调。他明白，它就在终点候着他，所有的道路都通向它。在走向它的同时，一切其他的词语都将在他的身上渐次消失，它们因为不确切和不严谨，因为自身的飘忽不定而被排除。抵达它，便意味着**不再可能**。它无与伦比的唯一性和确定性，它的**强制顿悟**，是一切写作开始的前提：言说凋零，词语之花坠落满纸。

他已走了太长时间，以至于走成了“走”这个词本身。走，在所有常见的运动中最具线性特征，它将他削减到只剩双足，一把画线的尺。然而出奇的是，线竟是先于尺的，“足”却成了画蛇添足之“足”。在行走之中，重心渐渐偏转，动作，以及行使动作的下肢降至次要地位，变得可有可无，原本作为负担被摒弃的其余躯干却被挨个捡回来，拼装在“走”的上面——这个词是一台肉质的发动机，机身滚烫、发红，嘟嘟响地冒着泡。现在，他是一组平移的静物，将一种以关节为轴心的轮转兑换为迎面驶过的风景。

对于时间的旁观者而言，“走”只是让一个人无法与自身重合。当线性时间在更高的维度展开，动物与植物之分便不再存在。他与一朵花没有区别，而“走”使他漫山遍野。他被“走”抛洒出去，飞溅到柔软的乡村和坚硬的城市。自然强有力的动员演说催动他投身于春天，投身于一出繁殖的大戏，蝴蝶是花瓣的流溢，蜜蜂是花蕊的离散，他每迈出一步都生育一个新的自己。

无论花费多少时间，他也不会距离“时间”这个词更近或者更远。但在行走时，他进入了一种与时间近似的寂静。这寂静其实是一种内化的喧嚣，是一种从脚底上升至心中的节奏，“嗒·嗒，嗒·嗒”，耳朵像是两座撑了太久的岗楼，终于向内塌陷，转入对自身的倾听。当他沉浸在时间中，他就沉浸于内在的音乐里。他的身体完全是一种流质，在耳蜗中蜿蜒而成。被称作“人”的音乐必须是一场盛大的合奏，由多种乐器、多个声部一并构成。骨质的钢琴，乐音清脆、旋律流畅稳定，支撑了整个形体；柔软的脂肪与虬结的筋肉层层裹覆，以大、中、小提琴的张与弛，在躯干的每一个部位以起伏不定的动态拱起绵连的岭与波；管乐叙说秘密似的呢喃，则是在深处汩汩流淌的血脉。

一支曲，一段路，一个人。时间，是对一个人的量化。更多的时间在人的终结之后，在**人的限度**以外无限延伸，仿佛以不可见的速度涌向头顶的毛发之泉——一种溢出体外的黑暗。为了避免被遮蔽、被掩埋，为了避免被抹除，必须时时斩断青丝，以之替代斩断流水、斩断光阴、斩断□□。

他看到那些时间——他的□□，长长地垂挂下来，带有波纹的式样，仿佛仍在流动，披在一个苗条的脊背上。一个飞倦了的梦停在上面，凝作一只蝴蝶形状的发卡，一只淡黄色的蝴蝶，像一小片薄薄的月光。

他感到自己正在向她靠近，因为一条道路不可能一直远离它的终点，因为他的□系于她的生。现在，他站在圆形建筑的最高处，在最外环之上的某一点，他可以回望自己走过的路线，这条路由字和词，以及脚在台阶上踩出的句读组成。从下往上，他在心里默念：

像——

一只——

在枝头——

跳跃的小鸟——

……

一直到：从下往上，他在心里默念……

第五日

既然路在这里中断，就该义无反顾。纵身一跃，也许就能跳回实质当中，或者至少跳进另外一个新的层面。他想：一座文字的断崖有什么可怕的呢？意义的落差摔得□人吗？

那些面朝深渊的思想，其动机不是埋葬自我，而是投身自我、拥抱自我、开采自我。意识形态的罗网至多只能葬送那些脆弱不堪的东西，那些尚且处于婴儿状态的，怯懦的、残缺的、绵软无力的东西，对于骨与翅，它们是无能为力的。在大脑的沟回和穹隆中，爬满了那些患有软骨病的藤藤蔓蔓，这些瘫痪的、湿哒哒的、不可理喻的阴沟作物阻断了飞坠，推延了落地，减缓了冲击。颠覆性思想的奔雷被瓦解，最终只不过对着松果体打一通迷你拳击，掀起一场梦中的风暴而已。

地面似乎是柔软而有弹性的有机体，仿佛有一张嘴紧紧地嘬住他，然后又猛地鼓起腮，“噗”的一声把他喷向空中，反复几个来回之后，他才终于落在由这些残损的杂念铺成的厚厚的褥垫上。它们大多数已经干瘪、萎缩，但也有些还新鲜，茬口处被扯断的纤维挂着半干的意义的汁液。新鲜的坏念头像混进了肉末的草本牙膏或是抹了生鸡蛋的薄荷叶，散发着一种虚假的绿色和生机，一种被败坏的欲望的气味。

他沿着这样一条思路前进：铺路的石子就像一大群老鼠，他的脚一踩在上面，它们就吱吱叫着四下乱窜，但并不跑远，又在他的前方重新聚集起来，还转过头来冲他吹哨子，挑衅他，引诱他为了报复而忘记对它们的厌恶，再次走向它们要他走去的地方。他走进一个农庄模样的地方，那里有好几千，甚至可能有好几万人被自己的名字牵着走。他们按照字母的顺序或者笔画的数目排成一条条纵队。每个人的脸上都写满字，在应该长着鼻子的地方写着“鼻子”，下方还标有两个倾斜向上的箭头，注明：鼻孔由此进入。两个巨大的字——皮肤——满满地覆在他们的身体上，另外一些蚊子腿一样细小的词语则见缝插针地在间隙和阴影中生长：汗毛、痣、疣、疹子，还有大大小小的癣和疤。

在这里，看一个人和读一个人是截然不同的。看一个人的时候，只需感受人的形体，无须理解其意义；读一个人的时候，则要求意义开口说话。字如泉涌，**人便被淹没在自己的内涵之中**。

名字是这里的统治阶级，它们手持形形色色的武器：刀叉剑戟，雕刻着九条龙的乌金双刃斧，长柄武士刀，射鲨枪，一人高的铁弓和流星锤。它们用拴着彩色尼龙绳、钉着小刚锥的皮项圈套住人的脖子，吆喝着人的名字——即抛出它们自己，拽着人们四处奔走，用字遮蔽他们的眼睛，让他们只一味地为受苦而劳作。到处都是名词，但缺少事物。被奴役的人们驮着犁，耕种“土地”这个词，收获时却只能割掉露出头来的唯一一棵麦穗：“土地”变作“工地”。呛人的浓烟从身后升起。

他跳过一条水沟，趁着“沟”字还在（如果“沟”被

“坑”挤走，想一步跃过，难度显然会增大很多；更不必说如果他面对的是一大片水域，那又该如何，这可不是能够像蛋糕一样分割开来，逐块解决的东西）。由于“草原”这个词的直观，仅仅一个瞬间的恍惚之后，当他回过神来，便发现自己已置身于漫无边际的草原。“草原”的组织形式不是“草”与“原”，而是草、草、草、草草草、草草草……他得极其庄重地、尽可能地将脚步踩得抑扬顿挫，才能避免在不断的重复之中陷入昏睡。在一片碧绿的草甸边缘有几丛红色的迎春花，但“红色”本身却也是绿色的。在草原上，找不到任何牲口，只有一排排牙齿像一些白色的、微型的犁，隐忍而又坚决地行动着，为了根本不可能实现的目的：它们想要一点一点地将整个草原挖掉。食道像一条条透明的蛇，源源不断地将草屑输送给臃肿如蚁后般的胃袋——这种轮廓近似葫芦的、湿哒哒的神秘机器，不断交替着膨胀和收缩，搅拌并进一步分解已经被研磨成糊状的鲜草。草原的新陈代谢即是通过这种流水线式的类工业程序来实现的。在他的眼里，这套贪婪的机器在循环往复的运动中渐渐变得抽象，凝固成一个深不可测的、黑洞般的字：“吃”。

继续往前，他走进了一地混沌，道路含糊不清，如同梦呓或是耳语。他不得不每走一段，就甩几下手脚，甩掉那些沾在鞋底和鞋帮上的泥，但甩得太用力，把“帮”和“底”也甩得没影了，只有“旧”字顽固地贴在底下，遮住越来越大的破洞，洞里的水泡正在孵化一个折磨人的字眼：“疼”。

这里的变化无常远超他的想象。他还没有望见草海的尽头，一阵叫作“枯”的潮水便漫过了视线所及的一切，当秋冬只不过是两个音节的时候，衰颓也就来得特别迅速，自然的金色与白色火焰温柔如□□的亲吻，不动声色地焚化了过剩的生命。一想到“火”这个字，一切就已是灰烬，他根本来不及让任何一点认识变得确切，来不及抢救任何真实。或者说，这一切——草梗、野花和畜群都被写在了纸上，它们的魂魄随墨迹渗进纸面，陷入沉睡。

他走着，像虚无的使者，每一步都取消一寸实在的大地。他走在他所不在的路上，走向他正离开的地方。当“遥远”成为与他最为切近的词语，孤独也就成了唯一可能的亲密：与自己的亲密。

越过一道山坡，他进入一座小镇。下山的路直接通往一个广场集市，话语声像雨点扑面而来。只有读音，没有字形——像耳朵失去了眼睛，盲目攒动，徒劳地用语调、语速、重音的罗网挽留不断流失的意义。难得有几丝几缕残渣碰巧被网线勾住，不过只滤出一些完全不值得深究的叫嚷。许愿、诅咒、道理、嘲讽、问候、承诺、声明、控诉、辩解、建设性意见，师出有名的攻讦，于事无补的议论。所有这些嘈杂的片段看似有数不清的风格和目的，但在无效表达的洪灾中，都被还原为简单的讨价还价，自私且不合逻辑的期望相互对冲、彼此缠绕，将广场编织成一块巨大的、非理性的地毯，将集市变成了一艘漂浮在语言之海上的疯人船。

说话不应该免费，他想，如果说话是一种昂贵的活动，得倾其所有才讲得起一句话，人们可能就会知道自己到底应该说什么。

镇子里的一切事物都处在表达的焦虑之中，它们统统忙于自我总结、自我陈述，过于坦白，没有任何内情。道路平铺直叙，建筑字正腔圆，即使那些隐没在视野以外，地平线之后的部分也已提前在早先的段落里投下它们的影子：一些伏笔。没有任何进展不可预期。站定脚步，四下扫视一番，大大小小的轮廓——那些事实上根本就不存在的闭合曲线——首先此起彼伏地跳出来，大喊一声，自报家门；然后就轮到那些密密匝匝的细节，像魔法师帽子里的白兔，一个接着一个跳出来，仿佛无穷无尽，叫声越来越短促，却也越来越响亮。每一道墙、每一条街都在永无休止地絮叨，窃窃私语声随着他的脚步流动，分分合合，曲折辗转，与不时出现的分岔和缝隙全情嬉戏，但是，他只能听到一个单调的词语不断重复：要么是“石”，要么是“砖”。

人们的生活被以一种奇怪的方式翻了个个儿，就像一只手从手套里抽出时将衬里带了出来。镇上的民居像是一种立体剖面图，其精密的、科学的极简风格令人叹为观止。在这里，每一个房间，无论就其喻义或其事实而言，都是一个面积超大的阳台，内部只以最少的墙体支撑建筑架构，规划生活空间。没有任何一道缝隙用于容纳家庭的私密性。人们在光天化日之下吃饭、睡觉、如厕、争吵、玩牌、拥抱。他们似乎是住在一台电视机里，一台无法关闭的电视机，只有夜晚会为他们合上幕帘。然而，通常情况下，根本没有观众。要扑灭人们的好奇，最有效的手段就是让他们司空见惯。这座小镇的居民在世上悄然来去，生与死都无人留意。走在这样的街道之上，在这样的房屋中间穿行，他只有低下头回避一切：比一个赤身裸体的人更令人感到羞耻的，得数一个连内脏都露在外面的人。

他途经一处公墓。不知出于什么原因，从城镇的布局来看，这里才是真正的中心。□人的住所像一粒瞳仁，盘踞在活人世界的点睛之地。它以具象展示抽象，以非现实的方式存在于现实之中。正所谓动寓于静，在这定格的，对尘世的最后一瞥当中，凝结着永不止息的风暴。逝者的名字让石头发出无声的嘶吼，形成了一股不断旋向生命背面的涡流，拖动着生活以越来越匆忙的脚步滑进深渊。

一块墓地就是一座肉身档案馆。市民们囤积尸体像囤积记忆和经验，□人都得到妥善的安置，并且极有可能被看作某种规矩，某种既定的行为准则或一系列指导性条文，每一座坟头都是一部经典。墓地的围墙是简易的木桩围成的篱笆，可以看到在墙内和墙外都有几圈打好的圆洞，用于篱笆的拆卸和重新安装。这种即插即用型的边界给了公墓一个有弹性的轮廓，但这种弹性在实际生效时只有外展一途：墓地不可能收缩，只会随着□人的增多而不断扩大。□人不仅与活人分享世界，也在蚕食活人的世界，□人将取代活人铺满一个既成事实的、不能涂改的平面。墓地不仅是城镇的一部分，也是城镇的最终结论，而目前的城镇，正处于这一推理的中途。

将这唯一的归宿作为主要信念，调度土木砖石，以直线、曲线和棱角的文法遣词造句的城市规划工作，事实上只能是一场止步于外围的演习。一处地产只有在被墓地包含，成为一块柔软的组织，成为一种可挖掘、可掩埋的内涵之后，才能获得被记载的权利，并通过对□尸的排版被保存下来，成为传世的作品。而掘墓工和搬尸人，则既是风水师、星相师，也是诗人，需在整体和局部布置一种兼顾概念、修辞、韵律、直观视像和神秘玄学的图形化解说，其真实目的在于阐述一部被埋葬的、宏大无比的地下篇章。

一些迹象让这个男人认为自己被跟踪了。那是个十分飘忽的东西，只是一闪而过，他甚至说不清是听到了还是看到了它。他转过身来倒着走，想将自己的神经质落实在某一个具体的威胁上。然而，没有任何发现。他抬起头，希望能看到一只鸟凑巧从眼前飞过。仿佛鸟是天使抛出的一些词语，他想以这种云朵般的生命来解释自己的敏感。这是个有求必应的世界，如他所愿，有一只鸟确实这样做了。从他的所在望去，它正在他的右前方飞行，飞行高度和远处的一排屋顶齐平。他决定跟着它。它的速度不快，他还勉强跟得上。与其说这是因为他一向主张**主题的高度自由**，不如说他迷信跑题，一心只想放弃任何主张。不做选择就是最佳选择——这不仅是他一贯持有的理念，甚至也在不觉间成了他的追求。有时，疑惑也会拽住他的脚步。它去哪里呢？他停下来安静地聆听自己的思绪，就像站在岸边，侧着脑袋听一条鱼在水下游动。

可是，鸟飞走了，配合他的一次眨眼来解释“稍纵即逝”这个词。于是他被留在一段叙述的腰部，等待着被下一次跑题带走。这时的他变得缺乏耐心，急于实现新旧对接，像一个依赖巫术的猎人，哪怕牵强，也要勉力从环境中挖寻某种启示。不妨称这种情绪为“**逗号焦虑**”。

他注意到路边有一扇奇怪的门。门开在地面上，仿佛专为躺下打滚的人而设。他理智地猜想，这是一个陷阱，专门捕捉那种抑制不住好奇心的动物。但很快，他便发现，那些看似不起眼的、不重要的，很容易就会被错过的东西，实际上是根本绕不过去的。一种羞答答的、欲拒还迎的必然性。他是门的俘虏，不能免疫于风险背后激动人心的可能。在门边，他蹲下来，敲了敲门。

看来，这道门一直微妙地处于一种针尖上的平衡状态，只消施以一根指骨的重量就能轻易将它轰开。白云、平原、植被、耕地、农牧民和大群的牛羊，街市、纪念碑刻与雕塑、房屋和墓地、活人和□人……整个世界就像一大块轻薄的丝绸，或者更准确地说，像一大张被软化的、没有重量的纸，以一种近似于液态的匀速滑进了门内的黑暗。所有被拉长、挤扁、揉皱，或被卷进一个褶子里的人好像都没有察觉，相对他们所处的世界，他们仍然在正常地活动。没有任何怪事发生，他们还是一样眯起眼睛晒太阳，偷偷摸摸地商量着给谁一个教训，只有这个外来的男人站在门边，成了这一相对运动的参照物和观察者。天空被拖向地面，土地从脚下被抽离，存在之雾在眼前消散。在骆驼穿过针眼的最后一瞬，他也跳了进去，门重新合了起来。

一切都被收进一个四四方方的大箱子里，满满当当的，叫人不得不相信它们本来就在那里。他恍然大悟：原来经过若干次折叠，就能还原一个立方体的便携式世界。宇宙大公寓：拎包即可入住。

第六日

房间里一片黑暗——一道找不到出处的蓝光突然闪动

了几下，视力像按动快门一样飞速地摄取形象，支持他断定自己是在一个房间里。这不是通常那种供人居住的房间，四面——也许六面——密封，没有窗户。建造者显然对于采光没有兴趣，说不定还坚决排斥。那一片蓝色的幽光来自内部。

他站在一个角落里，听到一种若有若无的声音，没多久又进一步肯定了它的存在。不像蚊子叫，不像老鼠在翻找食物，也不像白蚁在蛀咬家具，是一种既细微又粗糙，仿佛沙粒般的声音，是蒸汽或者灰尘在嘶鸣。

他走动起来，以他的身体为尺度，计量这房间的面积：横向七步、纵向十一步。对于他，这实在易如反掌。但要弄清房间的高度就比较费事一些。他太矮了，要够到天花板，就必须站在自己的肩膀上，或许还需要踩着自己的头。

用想象力攀登自己的时候，他失足跌了一跤，愣了愣神，才发现自己是被房间中央的一处凸起给绊倒的。实际上，那儿有一排条状凸起，八个或者十个，每一个下边都开了一道口子，像鲨鱼的腮。趴在地面上，从开口处朝里看，望不见什么，但能感觉到有些微的气流涌来。

蓝光又一闪，他瞥见自己脚下还有另外一个几乎一样的房间。在那里，一道激光正在打印跟他一起被吸收进来的世界。故事没入纸中，像巨鲸没入海面，只剩一点**尾声**尚在轻轻甩动，已不能构成一种**有效的挣扎**。他看到还有几个人，几条漏网之鱼，已经极度虚弱，被简化成火柴人般的侏儒，半个身子还探在纸外，勉力保持微不足道的立体感。他们徒劳地挥舞双手，想抓牢最后一点现实的气息，像遭逢海难的人紧紧抱住随手捞来的几片船的残骸，将求生的意志寄托在脆弱不堪的希望之上。一个漫长的，仿佛从纸的最深处涌出的句子，从纸面上轻轻跃出，拱起一道字浪。浪头向着他们缓缓移动，像一条拘魂的绳索，在接近目标时突然用力一抖，伸得笔直，将这几颗拒不服从的钉子狠狠地拍进了纸里，给文章的结尾落下了几个硬伤。

他检查了地板，确认没有下去的办法，然后翻了个身躺在地上——几乎出于本能，做过之后才知道为何而做。原来不只有下层，还有上层，屋顶上开了几条窄缝，透出不易察觉的几丝微光。手边没有任何工具能帮他够到屋顶，没有一根木棍可以用来加长手臂，也没有增强弹跳的鞋子或蹦床。但他觉得，只要这里不是监狱，而他也不是囚犯，既然有个出口通向上层——如果这样想不算太蠢——就一定有上去的办法。

至少他需要证明点什么，证明他是否还有下文。也许头顶就是一片澄澈的星空，月亮像一颗冰凉的水果，伸手就能触摸。

在墙上，他摸到了一些缝隙，那是一系列内嵌的金属板，翻出来便组成了一排可以随时隐形的梯子。他爬上去，推开了那扇天窗。一片白色光芒立刻笼罩了他的全身，极亮，极冷，像黎明时分的鱼肚白映在雪地之上的反光。

又是一个类似的房间，但不同之处也很明显：在他对面的墙壁上有两块电视屏幕，上下排列，各占了半面墙。也就是说，屏幕的高度与他的身高相仿。此刻，只有上方的屏幕正处于工作状态，播放着没有色彩的黑白图像，清晰度很低，屏幕上漂浮着无数的荧光颗粒，仿佛镜头对准的是经过压缩的、盆景化的宇宙：灰尘般的星辰在暗物质的海洋里生生灭灭。有时会有一条贯穿屏幕的裂纹出现，出自上面或下面的一条边，推着被切开的部分朝对面移动，像是要把图像挤扁，或将画面整个揭掉，但都没有做到，只是在表面滑动，然后逸出屏幕之外。再次出现的时候，它似乎更粗了一些，像一排牙齿，但仍然只不过从一条边到另一条边，然后越过边界，消失了。只留下卸掉假牙的嘴，黑乎乎的，痴呆一般大张着。

整个房间似乎都被屏幕渗漏的影像淹没了，一切光彩都变得喑哑——**颜色纷纷沉默，拒绝表达**。虽然看不到自己，但他能感觉到光影如油，抹在他的脸上，将他也变成了一道灰扑扑的影子。受电磁脉冲的干扰，房间里有一种低沉的杂音，仿佛有人在远处筛沙子。在下层的房间，他曾经听过这个声音。

他蹿上去，在内里打量这个房间。除了脚边的入口，这一层是完全密闭的，但针对视觉的需要，它却提供了十足的广阔。在屏幕上渐次展开的，是一片无涯的海。镜头缓缓移动，扫过正在消散或凝聚的云，拈起半颗赤裸的夕阳，将黄昏的胭脂深浅不一地涂抹在天空和海面上。他的想象挣脱了黑与白的钳制，在**所感与所思的夹层**中还原了所有动人心魄的美。镜头回摆，角度朝下方倾斜，掠过翻涌的海浪。泡沫飞溅，影像被打湿，一片模糊，仿佛世界将被就此洗去。

水幕滑落，像一块被撑破的纱巾的阴影。海面上，一些大大小小的东西上下起伏，远远地在镜头边缘晃了晃，然后就看不见了。可能是一团渔网、几件掉色的衣服、窗帘、毛绒玩具、小动物的浮尸、被大风吹断的一截树干……总之是一些不好辨认，也不需要辨认的玩意儿。

任何一种平静都负有一项卑鄙的义务：隐瞒一段充斥着暴力的历史。

一根生满铁锈的白色横杆斜着伸进来，从一角切入并穿过整个屏幕，就像一根卡在咽喉里的鱼刺，在身体的某个够不到、摸不着的部位，在他的一个**从未被命名的**脏器之中，贯通了某种好像预先存在的痛苦。在横杆下方，几根等间距竖立着的金属杆露了出来，同样的白漆，同样锈迹斑斑，只是稍细一些。他知道他看到了船上的一段护栏，接着他又看到这艘船的铁皮甲板，砖红色，湿漉漉的表面凹凸不平。

这是一艘小型军用汽艇，退役多年，破旧不堪，以一种恰如其分的凄凉将航行表现为在海上的流浪。发动机不再轰鸣，螺旋桨叶轮像被肥胖拖垮的表针，早已停止转动。船将自己全权托付给大海，托付给一个怀抱的意象——在两条巨大的手臂之间，向着它的归宿，向着一个温柔的许诺，它不断前行，却永远也触碰不到海的胸膛。它越是深入，这可能之域便越是宽广。它驶入无限的可能，却无法让任何一种如期发生。

眼睛在抵抗那些企图强行侵占它的景象。但这是一个悖论：它越用力，就睁得越大。畏惧还是希望？一些不确定的情绪，毛茸茸的、脆弱的，像一窝刚刚孵化的海鸟，翅膀刮过他的胸腔，哗啦一声，四散飞去。只把他空落落地留在那里。

一对苍白的脚踝出现在屏幕中央，略呈S形的脚弓搭在一起，撇成内八字。这双脚好像不太真实，似乎过于平面，仿佛两片塑料泡沫制成的肾脏，粘了些半干的泥沙。脚跟上，以及侧面像核桃一样鼓起的大拇指上，有几处溃疡，脓水结成了一些暗黄色的晶体颗粒。在黑白影像之中，这些细节被弱化，整体却更加醒目，像一个高高竖立的交通警示标志。他察觉自己在发抖，察觉自己变成了一个老人、一个病人。

伊甸园

将墙上的双向开关扳下来，上方的屏幕被关掉，下方的屏幕却被打开了，似乎图像因为起分隔作用的挡板被抽走而掉了下去。实际上，过程要复杂得多，画面并不是简单地从一个格子被腾到另一个格子里。在屏幕内部，似乎支着一副双面的轻便帐篷，一面是极简的黑白双色，另一面则是丰富的自然色。一旦扣动机关，触发它的伞式制动，布面之下的合金骨架就突地放松。失去支撑的图画瞬间收拢、下坠，滑进一条 U 型管道，经过一段迂回的黑箱之旅，又从下方的另一个出口蹿出来，噗的一声撑开，像一只自负的孔雀用五彩缤纷的尾羽对观众炫耀，向异性示爱。

一切既熟悉又陌生，既是一个古老的国度，又是一个崭新的世界，从化石中拔地而起，从蛋壳里脱颖而出。他曾被一片蝴蝶的灰烬蒙住双眼，而方才，就在转瞬之间，它们却如凤凰再生，突然挥舞翅膀，飞向天际。所有被遮蔽的色彩一齐被释放出来，他走出了末日之后的坟场，走进了创世之初的第一座花园。

两堵墙之间，一个身影在奔跑。两堵难以形容的墙，高得难以形容，长得难以形容。这可能意味着：一条没头没尾的走廊，不能连接任何两个地点，只能从自身通往自身；一个半抽象的房间，两堵实有的墙壁拘限了奔流的**存在**，屋顶和另外两堵墙壁则处在无法理解，亦无法想象的无穷高处和无穷远处；相对于墙的长度和高度，墙与墙之间的距离可以忽略不计，因此这是一间**二维监狱**，将一切囚禁在平面之中。

目之所及，帽子、外套、衬衣、裤子和鞋子……从头到脚，像列出了一张身体的清单：墙上挂满了成套的衣物，仿佛这是一座以隐形的人海垒成的建筑。那奔跑的人却不着寸缕，反过来，也可以说，她的身上披着整个自然。这个女人的背影包含着世间的每一种美，有些他能够领略，有些则完全超出他的理解。她有时穿着一身多彩的羽毛，有时穿着一身发光的鳞片，有时则直接将鸟兽的躯体——一件自我保护的铠甲，一具武装到牙齿的裸体——穿在身上。所以她有时是一只野鸽，有时是一匹白马，有时是刺猬，是蛇，是湿淋淋的水貂，有时是奋蹄疾走的山羊。

在墙内有所有的一切，什么都不缺，连墙外的也在墙内——宇宙的全体都被夹在两张玻片当中。她奔跑着，跃过那些在诗句中繁茂生长的花草树木，足尖点到之处，墨迹如雾气，“从地面上升”[①]，灌溉了那些从未被描写过的、寂寞的植物。她的手肘前后摆动，尺骨像鹦鹉的喙，前仰后合，以一种机械式的欢快喋喋不休地啄食着在空气中流动的词语。

---

① 语出《圣经 · 创世纪》第 2 章第 6 节：“不过有雾气从地面上升，滋润全地。”

除她以外，尚未有其他人存在，只有一些没有完全成形的人体刚从墙上伸出来，他们贴着墙面相互推挤、相互撕扯，像浊浪滔天的泥海在自我的风暴中挣扎。他们仍未从混沌中脱颖而出，具有了一些人的特征，但还不能被称为人。他们看起来完全一样，没有任何个性，每一个都出自对另一个的复制：竹节般从一根脊梁中生出另一根脊梁，抽枝般从一条手臂中长出另一条手臂。他们还没有任何感官，无法感知自己或他人，但却过早地拥有了想象力，他们依照这种事先存在的想象力长成一种身材、一种性别和一种风度，钻进早已备好的，与他们相得益彰的衣物当中。只有她赤条条地跳脱了这种造物的逻辑，被烘托得格外轻盈、曼妙。

穿过开阔地，进入森林和山谷，她的跑动在神秘的气氛中升级为一种舞蹈。她加入了一群在林间漫步的梅花鹿，又突然一屈膝，随着一只躲避猎豹的羚羊，箭一般射向天穹，身在半空便化作一只慵懒地俯视地面的苍鹰。没有任何一种地貌能够干扰她的舞步，她有时纵身一跃，有时脚尖一点，掠过熔岩、沙地和沼泽。如果跳进一条溪流，她就化作一道水波。她旋转，她摇摆，她有一万种姿态。风从雾里抽丝，缠绕她，尾随她。蜜蜂在云朵中筑巢，将漫天飞舞的蒲公英裹进蜜里。甜蜜的汗水，随处挥洒。金黄的雨滴，普降大地。

有时她离他那么近，他看不到她的面容，却能看清她身上每一个珍珠般透亮的细胞；有时她又离他无比遥远，像一颗原子悬浮在无尽的虚空之中。有时，她会突然头下脚上颠倒过来，踩着天空行走。她的长发一直垂挂到地面，在他的额前飘拂。如果在这绝妙的时刻，他竟闭上了双眼，那只是为了能将她彻底地纳入自身之中。啊，他轻叹了一口气，全身心地赞美这条将他淹没的黑色河流。在他的脸上，笑容和泪水，比他的死亡，先一步**抵达**。

2010 年 12 月

图书在版编目（CIP）数据

纸上行舟 / 黎幺著 . -- 成都：四川文艺出版社，2019.10

ISBN 978-7-5411-5436-2

Ⅰ . ①纸… Ⅱ . ①黎… Ⅲ . ①短篇小说—小说集—中国—当代 Ⅳ . ① I247.7

中国版本图书馆 CIP 数据核字 (2019) 第 195738 号

本书中文简体版权归属于银杏树下（北京）图书有限责任公司，并由其授权出版。

ZHISHANG XINGZHOU

纸上行舟

黎　幺 著

选题策划　后浪出版公司
出版统筹　吴兴元
编辑统筹　朱　岳　梅天明
责任编辑　陈雪媛
特约编辑　朱　岳　孙皖豫
营销推广　ONEBOOK
装帧制造　墨白空间·黄　海
责任校对　汪　平

出版发行　四川文艺出版社（成都市槐树街 2 号）
网　　址　www.scwys.com
电　　话　028-86259287（发行部）028-86259303（编辑部）
传　　真　028-86259306

邮购地址　成都市槐树街 2 号四川文艺出版社邮购部 610031
印　　刷　北京盛通印刷股份有限公司
成品尺寸　130mm × 210mm　开　本　32 开
印　　张　7　字　数　130 千字
版　　次　2019 年 10 月第一版　印　次　2019 年 10 月第一次印刷
书　　号　ISBN 978-7-5411-5436-2
定　　价　48.00 元

后浪出版咨询(北京)有限责任公司常年法律顾问：北京大成律师事务所
周天晖 copyright@hinabook.com